濂溪书院国学经典讲读

张京华　周建刚 ◎ 著

湖南社会科学普及
Hunan popularization of Social Science

湖南省社会科学普及读物出版资助项目

中南大学出版社
www.csupress.com.cn
· 长沙 ·

前　言

　　习近平总书记指出："一个没有发达的自然科学的国家不可能走在世界前列，一个没有繁荣的哲学社会科学的国家也不可能走在世界前列"。社会科学是人们认识世界、改造世界的重要工具，是推动历史发展和社会进步的重要力量。加强社会科学的宣传和普及，是弘扬科学精神、繁荣社会科学、提高公众社会科学文化素质、促进人与社会全面发展的客观需要。近年来，湖南社会科学普及工作不断深化，成效显著。通过建立社科普及基地、举办社科普及讲坛、开展咨询展览以及社科普及主题活动周、优秀社科普及读物创作与推荐、社科普及志愿者队伍建设等活动，在提升公众社会科学文化素质、推动科学发展方面发挥了积极的作用。

　　中国特色社会主义进入了新时代。一方面，我国社会主要矛盾已经转化为人民日益增长的美好生活需要和不平衡不充分的发展之间的矛盾。人们美好的生活需求日益广泛，极大地体现在人们对文化、精神领域有了更高的追求。另一方面，面对社会思想观念和价值取向日趋活跃、主流和非主流同时并存、社会思潮纷纭激荡的新形势，要巩固马克思主义在意识形态领域的指导地位，培育和践行社会主义核心价值观，巩固全党全国各族人民团结奋斗的共同思想基础，迫切需要哲学社会科学更好地发挥作用。在这个背景之下，迫切需要社会科学普及工作自觉担负起历史使命和时代责任，充分运用"社会科学普及+"思维，创新社会科学普及形式，在丰富人民群众精神文化生活的同时，对人民群众进行科学的教育、引导和疏导，培育和践行社会主义核心价值观，提高人民群众的人文社科素养。

面对新形势新任务，湖南省社会科学界联合会、湖南省社会科学普及宣传活动组委会办公室贯彻落实《湖南省社会科学普及条例》规定，开展湖南省社会科学普及读物出版资助项目，面向在湘工作的社会科学理论工作者和实际工作者征集优秀社会科学普及作品，对获得立项的优秀作品进行资助出版，并将其认定为湖南省社会科学成果评审委员会省级课题，以激发广大社会科学工作者创作社会科学普及作品的积极性，推出更多更好的优秀社会科学普及作品，把"大道理"变成"小故事"，把学术语言转换成群众语言，把"普通话"和"地方话"结合起来，真正让党的理论政策鲜活起来，让社会科学知识生动起来，让社会科学普及工作"成风化人、凝心聚力"，为实现中华民族伟大复兴的中国梦，建设富饶美丽幸福新湖南凝聚强大正能量。

湖南省社会科学界联合会

湖南省社会科学普及宣传活动组委会办公室

2019 年 5 月

编写说明

近年来习总书记的一系列讲话指示和中共中央、国务院、教育部的一系列政策举措，以前所未有的高度，鲜明地提出中华民族文化复兴和弘扬优秀传统文化战略，将提高民族自信心、提高文化软实力作为大国崛起的重要国策。

周敦颐作为出生在湖南道州、第一个对中国传统文化产生重大影响的湖湘学人，他上承孔孟学统和儒家传统的《易》《庸》之学，下启宋明儒学的更新发展，不仅是"千年湘学"的开山鼻祖，更是宋以后中国思想发展的"活水源头"，在中国思想史乃至东亚思想史上与孔子、孟子、二程、朱子具有同等重要的地位，因之被誉为"道学宗主""理学开山"。

周敦颐，字茂叔，号濂溪，北宋道州营道人，后人在其践履过化之地往往建有濂溪书院。2017 年，恰值周敦颐诞辰 1000 周年，濂溪故里重建了沿衍几近千年的道州濂溪书院。为了与道州作为"濂溪故里"这一殊荣相称相配，我们在道州濂溪书院常年开展"国学经典讲读"活动，并编写了本书。本书名为"讲读"，内容包括"讲"与"读"两部分。"讲"以周敦颐生平、思想及濂溪故里风物为主，"读"以周敦颐著作及历代纪咏诗文为主。

我们希望通过这些讲习和诵读，促进读者对传统文化经典的认知，强化读者对濂溪文化和道州人文历史的认同，彰显传统哲学、传统国学的睿智，增进读者的社会乡土情怀。

本书是国内第一部专门讲读周敦颐生平、思想的普及读本，我们力求做到简明、准确、独到。

本书适合大中小学生、学生家长以及前来濂溪故里观光的宾客朋友阅读。

目 录

第四讲

第五讲

第六讲

第七讲

第八讲

第九讲

第十讲

第十一讲

第十六讲

第十七讲

第十八讲

第十九讲

第二十讲

第一讲

第一节　濂溪故里的故事

一、濂溪保

周敦颐，号濂溪，世称濂溪先生。

周濂溪先生是湖南永州道县楼田村人，楼田村在宋代为荆湖南路道州营道县营乐里，称为濂溪保，又称楼田保。

周濂溪祖上世代居住在濂溪之畔。周濂溪出生在此，并在这里度过了童年和少年时光。后人景仰，尊称之为"濂溪故里"。

濂溪保东为龙山盘踞，西为豸岭蜿蜒，后据道山翠障，前有沃野无垠，澄澈见底的濂水当中流出。村中明清古民居尚有保存完好者，幽深小巷，青青石板，沉稳古朴，安然大气。进入村内，环首四顾，目光所及之处，皆为佳景。远处山岗之间，晴岚雾气，氤氲蒸腾；近处村落周围，林木修竹，风神清朗。田野之中时有白鹭款款而飞，村舍之内偶闻鸡鸣狗吠。清代著名学者、大书法家何绍基游览此景之后，拈出"濂溪八景"以赞之，亦可见当地景物之一斑。

濂溪本为水名，是潇水的一条支流。濂溪清澈，溪上有桥，桥上有亭。相传濂溪先生少年时，志存高远，常常游钓于濂溪桥上，吟弄风月于濂溪亭中。事隔数代之后，里人犹言此事，津津乐道。而对于在家乡度过的少年时光，濂溪先生晚年仍思之忆之不止，这从他的《石塘桥晚钓》一诗中可以显见：

旧隐濂溪上，思归复思归。

钓鱼船好睡，宠辱不相随。

肯为爵禄重，白发犹羁縻。

　　到了晚年，周濂溪寓居江西浔阳，爱庐山胜景，又因清贫无以归，故构屋庐山莲花峰下，且将屋前溪水亦命名为濂溪，以志不忘故乡之心。

濂溪故里道山石刻

二、含晖岩

　　北宋嘉祐八年（1063），周濂溪任永州通判，致函营道县，委托县官协助管理田产，用作祖祠的供奉。

　　治平四年（1067），周濂溪曾回乡扫墓并料理家事，在道县含晖岩留下石刻，写道："周惇颐、区有邻、陈赓、蒋瑾、欧阳丽，治平四年三月六日同游道州含晖洞。"

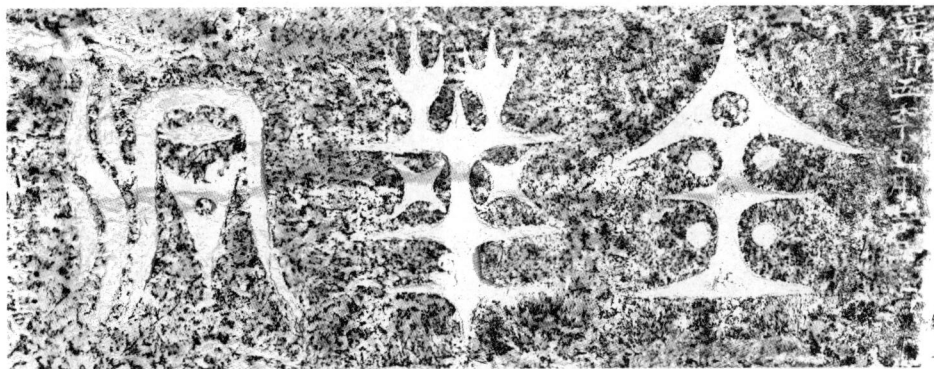

明代金华洞石刻

到了南宋，学者们寻找到他的故里，找到他在道县含晖岩留下的石刻，并且也看到道州官衙档案内保存的他的书信，上面有治平四年的官印。核验无误，于是在景定四年（1263），宋理宗亲题"道州濂溪书院"匾额，周濂溪祠堂被列入道州名胜。

道州知州杨允恭谢表中说："眷是舂陵，实其乡国。田园数亩，元丰之书契尚存；林壑一丘，治平之题墨犹在。"

"元丰之书契"指田产的契约。"治平之题墨"指含晖岩的题记。含晖岩的石刻应当是周濂溪在故乡留下的最直接的一处实物。

因此，古人评价周濂溪，有"出于舂陵""崛起舂陵""崛起南服"之说。

南宋朱熹《韶州学濂溪先生祠记》载："宋兴，九嶷之下，舂陵之墟，有濂溪先生者作，然后天理明而道学之传复续。"

明代章潢《九嶷·濂溪·月岩三胜图总叙》载："舂陵古零陵郡，山川之形胜有曰九嶷，曰濂溪，曰月岩。九嶷，舜帝所过化也；濂溪，元公所毓秀也；而月岩，又元公所悟太极之至妙者也。"

2015 年，楼田村重建了周敦颐故居和周敦颐纪念馆。2017 年，楼田村重建了濂溪书院暨濂溪祠。

含晖岩又称金华洞，是濂溪先生亲历之地，因此也是濂溪故里的一个重要部分。

光绪《道州志》中的含晖石室图

三、圣脉泉

濂溪保左有龙山，其形蜿蜒如龙；右有豸岭，崖石崄岈，其状若豸；中为安定山，又称"道山"。山下出泉，清泠莹彻，如飞霜喷玉，大旱不涸，积雨不溢，清洁味甘，即濂溪之源，古称"圣脉泉"。常有一条银白色的水线，自泉根上浮现而出，渐渐将泉水分为阴阳各半。清初许日让有诗云：

> 山根活水静成渊，
> 不作人间第二泉。
> 一自派分伊洛去，
> 千秋遗泽任流连。

古人在圣脉泉上修建了有本亭，泉水以东建风月亭，沿流而东建濯缨亭，再东即为周濂溪故居，建有祠宇家庙。南宋魏了翁《道州建濂溪书院记》说："营道

周与爵《宋濂溪周元公先生集》中的濂溪故里图

西十八里为濂之源，又东流二十里为濂溪保。"南宋邹敷《游濂溪祠并序》说："道州城西十五里有村曰濂溪保，盖周茂叔先生之居也。"

章潢《图书编》中的濂溪图

南宋王象之《舆地纪胜》一书已将"形胜·濂溪""古迹·周濂溪祠堂"列为瞻仰、吟咏的名胜之地。

"形胜·濂溪"条目写道:"濂溪在州城西三十里,周茂叔故居也。"

"古迹·舂陵濂溪、九江濂溪"条目写道:"濂溪在道州营道县之西,距县二十余里。先生既不能返其故乡,卜居庐山之下,筑室溪上,名曰'濂溪书堂'。先生舂陵之人,言曰:'濂溪,吾乡之里名也。'先生世家其间,及寓于他郡,而不忘其所自生,故亦以是名溪。"

"古迹·周濂溪祠堂"条目写道:"周濂溪祠堂在州学,胡铨为《记》。淳熙重建,张栻为《记》。"

"人物·周敦颐"条目写道:"周敦颐字茂叔。神宗时为广东运判,以疾,上南康印以归,居九江濂溪,名'濂溪书堂'。有《通书》《太极图》等书,倡明道学。程珦与之为友,珦二子颢、颐,闻茂叔论道,遂厌科举之学,慨然有求道之志。"

圣脉泉旁石壁上,刻有"圣脉"二字,为明代道州知州方进书写。又有"寻源"二字,为周濂溪后裔、世袭第二代五经博士周绣麟书写。道山高崖上,有两处"濂溪"大字榜书石刻,一为永州知州黄焯书写,一为道州知州方进书写。

世事易变,江山难改,濂溪故里保存至今的标志性文物便是道山"濂溪"大字榜书石刻和圣脉泉。

明代圣脉泉石刻

第二节　名篇诵读

《拙赋》

周濂溪

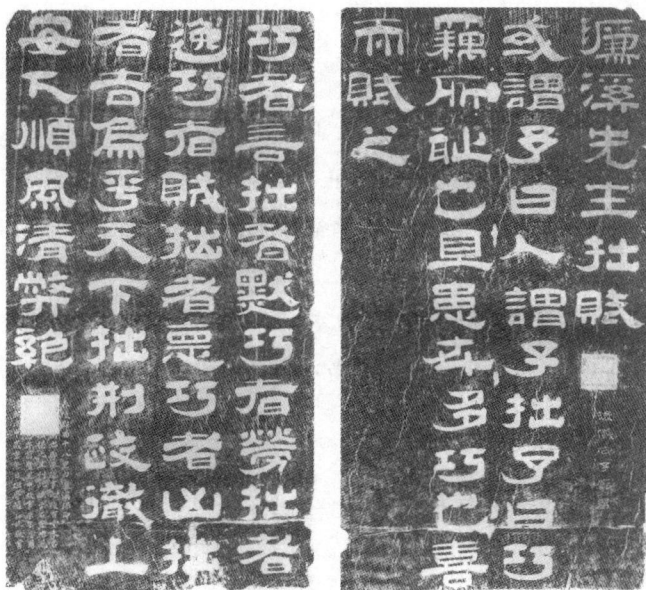

宋代石刻《拙赋》

或谓予曰："人谓子拙。"予曰："巧，窃所耻也，且患世多巧也。"喜而赋之：

巧者言，拙者默。

巧者劳，拙者逸。

巧者贼，拙者德。

巧者凶，拙者吉。

呜呼！天下拙，刑政彻。

上安下顺，风清弊绝。

【点评】

《拙赋》不只言修身，而且言政事。"巧者劳"，"劳"指劳攘、忙碌。"拙者逸"，"逸"指简化、不折腾。"刑政彻"指法令、政令简约，如流水之不积，清静无为，与民休息。

元好问说："夫能至于'上安下顺，风清弊绝'，则天下之能事毕矣！"

朱子说："《拙赋》'天下拙，刑政彻'，其言似庄老。"

邓球说："客一日读周子《拙赋》，而悲周子之心也。"

《养心亭说》

周濂溪

孟子曰："养心莫善于寡欲。其为人也寡欲，虽有不存焉者，寡矣；其为人也多欲，虽有存焉者，寡矣。"予谓养心不止于寡而存耳，盖寡焉以至于无，无则诚立明通。诚立，贤也；明通，圣也。是贤圣非性生，必养心而至之。养心之善，有大焉如此，存乎其人而已。

张子宗范有行有文，其居背山而面水。山之麓构亭，甚清净。予偶至而爱之，因题曰"养心"。既谢，且求说，故书以勉。

【点评】

孟子所说"虽有存"，指存其本心；"虽有不存"，指失其本心。见《孟子·尽心下》。

纪大奎说："宋濂溪周子签判合州，州人张宗范筑亭于所居学士山之麓，周子名之曰'养心'而为之说。""周子签判合州，吏事之暇，日与州人士讲论所学，于是后之学者祀周子于合宗书院，以志其向往之心"，"孔子、孟子，先觉之最尊者也；濂溪周子之在合州，先觉之最近者也"。

《濂溪词并序》

黄庭坚

舂陵周茂叔，人品甚高。胸中洒落，如光风霁月。好读书，雅意林壑。初不为人窘束世故，权舆仕籍。不卑小官，职思其忧。论法常与民决讼，得情而不喜。其为小吏，在江湖郡县，盖十五年，所至辄可传。任司理参军，转运司以权利变具狱，茂叔争之不能得，投告身欲去，使者敛手听之。赵公阅道，号称好贤。人有恶茂叔者，赵公以使者临之甚威，茂叔处之超然。其后乃悟曰："周茂叔天下士也。"荐之于朝，论之于士大夫，终其身。其为使者，进退官吏，得罪者自以不冤。中岁乞身，老于湓城。有水发源于莲花峰下，洁清绀寒，下合于湓江。茂叔濯缨而乐之，筑屋于其上，用其平生所安乐媲水而成，名曰"濂溪"。与之游者曰："溪名未足以对茂叔之美。"虽然，茂叔短于取名而惠于求志，薄于徼福而厚于得民，菲于奉身而燕及茕嫠，陋于希世而尚友千古。闻茂叔之余风，犹足以律贪。则此溪之水，配茂叔以永久，所得多矣。

茂叔讳惇实，避厚陵奉朝请名，改敦颐。二子寿、焘，皆好学承家。求予作濂溪诗，思咏潜德。茂叔虽仕宦三十年，而平生之志，终在丘壑。故余诗词不及世故，犹仿佛其音尘。

溪毛秀兮水清，可饭羹兮濯缨。

不渔民利兮，又何有于名！

弦琴兮觞酒，写溪声兮延五老以为寿。

蝉蜕尘埃兮玉雪自清，听潺湲兮鉴澄明。

激贪兮敦薄，非青蘋白鸥兮谁与同乐？

津有舟兮荡有莲，胜日兮与客就闲。

人闻挈音兮不知何处散发醉，高荷为盖兮倚芙蓉以当伎。

霜清水寒兮舟着平沙，八方同宇兮云月为家。

怀连城兮佩明月，鱼鸟亲人兮野老同社而争席。

白云蒙头兮与南山为伍，非夫人攘臂兮谁余敢侮！

【点评】

《濂溪词并序》，又名《濂溪诗并序》。

本篇作于濂溪先生卒后，"胸中洒落，如光风霁月"一语，可谓盖棺论定。

史季温说："寿字符翁，登元丰五年第，终司封员外郎。焘字次元，登元佑三年第，终徽猷阁待制。按先生《年谱》，以熙宁六年卒。元丰间，山谷知太和县，寿为吉州司法，因同官而游从甚熟。是诗必太和所作，故有'潜德'之语云。"

第二讲

第一节　濂溪先生的生平事迹

周敦颐（1017—1073），字茂叔，学者尊称为濂溪先生。生活于宋真宗至宋神宗年间，著《太极图说》《通书》，授二程以"孔颜乐处"。

濂溪先生生当北宋儒学复兴之际，跨越汉唐，直承孔孟，被认为是孟子以来绝而复续的"道统"担当者，"理学开山"和"道学宗主"，对宋以后的中国文化乃至东亚儒学文明圈有重要的影响。

一、道州家居

宋真宗天禧元年丁巳（1017），五月初五日，濂溪先生生于道州营道县之营乐里濂溪保（又名楼田保）。初名惇实，字茂叔，避英宗

明万历三年《宋濂溪周元公先生集》
永州刻本中的周濂溪像

藩邸旧讳，改惇颐。后避光宗讳，改敦颐。（宋英宗名赵曙，原名赵宗实。宋光宗名赵惇。）

宋以营道、江华、宁远、永明四县为道州；以零陵、祁阳、东安三县为永州。

濂溪先生宅边有溪水，萦纡如青罗带，曰"濂溪"。先生濯缨而乐之，晚寓庐阜，构书堂，前临溪水，亦名以"濂溪"。学者宗之，称为"濂溪先生"。

天圣七年（1029），濂溪先生年十三，志趣高远。濂溪上有桥，桥有小亭，先生常钓游其上，吟弄风月。

天圣八年（1030），濂溪先生年十四，读书聪颖。濂溪之西有岩，东西两门，中虚，顶圆如月。出入仰视，若上下弦，名"月岩"。先生筑室读书期间，睹此而悟太极。

天圣九年（1031），濂溪先生年十五，入学深造。父周辅成卒，卜葬营乐里祖居之右。舅郑向，令人挈其家，遂从母郑氏入京师。郑向知先生远器，爱之如子。

二、青年读书

郑向调任两浙转运使，住润州丹徒县。濂溪先生年二十一，读书润州鹤林寺。时范文正公（范仲淹）、胡文恭公（胡宿）诸名士与之游。独王荆公（王安石）少年不可一世，怀刺谒先生，足三及门而不得见。

三、壮年仕宦

周敦颐生活在北宋中期真宗、仁宗、英宗、神宗时期，从任江西分宁县主簿，到晚年任江西南康军知军，做了四十年地方州郡的小官。

仁宗庆历元年至庆历三年，濂溪先生二十五岁至二十七岁，任江西洪州分宁县主簿。

庆历四年至庆历六年，濂溪先生二十八岁至三十岁，任江西南安军司理参军。

庆历六年冬至皇祐元年，濂溪先生三十岁至三十三岁，任湖南郴县知县。

皇祐二年至皇祐五年，濂溪先生三十四至三十七岁，任湖南桂阳县知县。

至和元年到至和二年，濂溪先生三十八岁至三十九岁，任江西洪州南昌县知县。

嘉祐元年至嘉祐五年，濂溪先生四十岁至四十四岁，任四川合州判官。

嘉祐六年至嘉祐八年，濂溪先生四十五岁至四十七岁，任江西虔州通判。

英宗治平元年至治平四年，濂溪先生四十八岁至五十一岁，任湖南永州通判。

英宗治平四年五月至神宗熙宁元年，濂溪先生五十一岁至五十二岁，任湖南邵州知州。

熙宁二年至熙宁四年，濂溪先生五十三岁至五十五岁，任广南东路转运判官、提点广南东路刑狱。

熙宁四年，濂溪先生五十五岁，八月至十二月，任江西南康军知军。

正如梁绍辉研究员所说，濂溪先生"一直在州、县两级地方官的岗位上徘徊"。这种如同柳下惠一般的"不卑小官"的精神，受到黄庭坚、王夫之的称道。

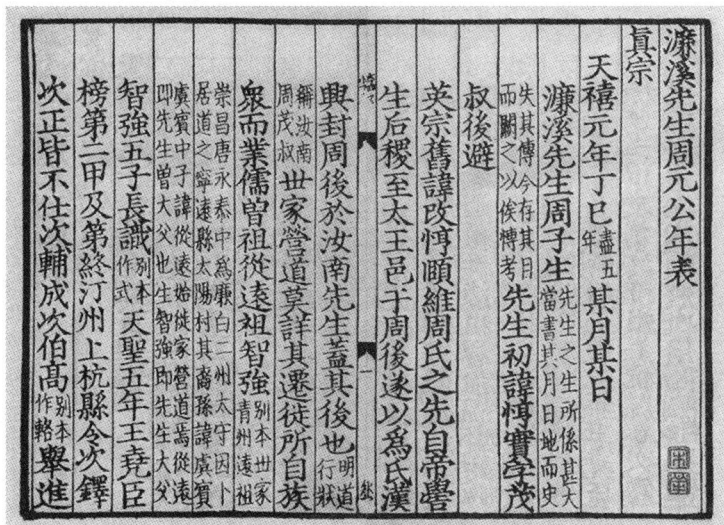

宋版《濂溪先生周元公年表》

四、分宁决狱

宋仁宗庆历元年（1041），濂溪先生年二十五，始莅分宁。时有狱久不决，先生一讯立辨。邑人惊诧曰："老吏不如也！"由是士大夫交口称之。

庆历五年（1045），濂溪先生年二十九。南安狱有囚，法不当死。转运使王逵素苛，欲峻治之，众莫敢抗，先生独力争。不听，乃置手版，取告身，委之而去，曰："如此，尚可仕乎！杀人以媚人，吾不为也！"王逵感悟，贷囚死而贤先生，且荐于朝。

至和元年（1054），濂溪先生年三十八，用荐者言，改大理寺丞，知洪州南昌县。南昌人见先生来，喜曰："是初仕分宁，即能辨疑狱者。吾属得所诉矣。"于是更相告诫，莫违教命。不唯以得罪为忧，又以污善政为耻。

熙宁四年（1071），濂溪先生年五十五。正月九日，领提点刑狱事，行部至潮州，又至端州。端州知州杜谘，采端溪砚石专利，百姓咨怨，号曰"杜万石"。先生恶之，为请敕定禁令："凡仕端者，取砚石毋得过二枚。"贪风顿息。

先生尽心职事，务在矜恕，以洗冤泽物为己任。虽荒崖绝岛，瘴疠之乡，皆必缓视徐按，不惮劳瘁，故得罪者俱无憾。

五、二程授受

濂溪先生任南安军司理参军期间，他的一位上司程珦对他颇为重视，因而命二子拜他为师。程珦的二子就是程颢和程颐，这就是宋明理学史上著名的"周程授受"，又称"南安问学""南安问道"。

宋仁宗庆历六年（1046）年底，濂溪先生因转运使王逵的推荐，离开南安军，升任郴州郴县令。濂溪先生任郴县令的时间从庆历六年冬开始，经庆历七年、八年和皇祐元年，一共是三年多的时间。在这段时间内，二程虽不能如在南安军那样朝夕过从，但还是有机会请益受业，则是无疑问的。濂溪先生在这一时期内学问已达到相当成熟的地步，如果"手授二程《太极图》"的说法成立的话，那么《太极图》的创作应该也是在这一时期。

二程在濂溪先生门下学习了前后将近三年的时间，对濂溪先生的学术已经有了相当深入的了解，而后"泛滥于诸家，出入于佛老，反求之六经"，开创了北宋理学中的"洛学"一派。

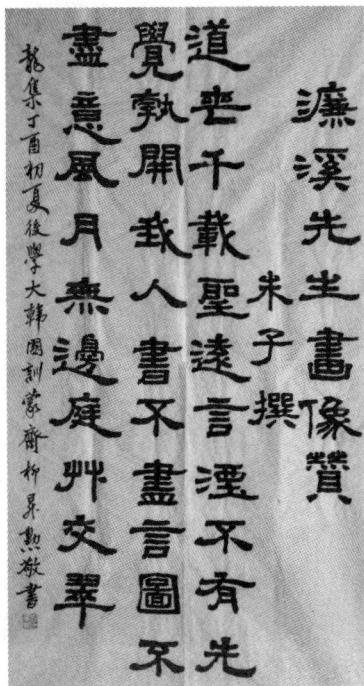

濂溪先生画像赞

朱子撰

道丧千载　圣远言湮

觉熟开我　人书不画言图不尽

尽意风月　无边庭艹交翠

龙集丁酉初夏　后学大韩周训蒙斋柳景熙敬书

濂溪先生画像赞

六、钱不满百

至和元年，濂溪先生年三十八，在南昌知县任上。一日，先生得暴疾，几殆，更昼夜始苏。友人潘兴嗣视其家，服御之物，止一敝箧，钱不满百。（一说"钱不满数百"）闻者莫不叹颂。

明人李廷机曾将此事编入《宋贤事汇》，广为传播。

七、回乡展墓

治平四年（1067），濂溪先生年五十一。濂溪先生素贫，初入京师，鬻其产以行，只存田十余亩，周兴耕之，以洒扫父墓。三月一日，濂溪先生携二子自永州归道州乡里展墓。

为此，濂溪先生自永州移文营道县，安排周兴掌墓田事。

回乡期间，濂溪先生游历了道州含晖岩，有亲笔题刻。

到南宋景定四年，宋理宗题额"道州濂溪书院"，道州知州杨允恭上谢表，其中说道："眷是舂陵，实其乡国。田园数亩，元丰之书契尚存；林壑一丘，治平之题墨犹在"，即指这两件事。

八、退居庐山

嘉祐六年辛丑（1061），濂溪先生年四十五，由合州判官迁国子监博士、通判虔州。道出江州，爱庐山之胜，有卜居之志，因筑书堂于其麓。堂前有溪，发源莲花峰下，流合湓浦，先生濯缨而乐之，遂寓名以"濂"。与其友潘兴嗣订异时溪上咏歌之约。

治平二年乙巳（1065），濂溪先生年四十九。自虔赴永，道经江州。暮春三月十四日，同宋迪（宋复古）游庐山大林寺，至山巅，有诗纪焉。江南西路转运使、成都李大临才元以诗谒先生于濂溪书堂。

熙宁五年（1072），濂溪先生年五十六。濂溪先生历官以来，所得俸禄，悉以周宗族、奉宾友，妻子饘粥不给，旷然不以为意。故贫不能归故里。自嘉祐六年筑书堂于庐山之麓，定居焉，榜其书堂曰"濂溪"，志乡关在目中也。

熙宁六年癸丑（1073），先生年五十七。时赵清献以学士再镇蜀，闻先生致仕，拜章乞留，朝命及门，而先生以疾卒矣。潘兴嗣为濂溪先生撰《墓志铭》，蒲宗孟为濂溪先生撰《墓碣铭》。

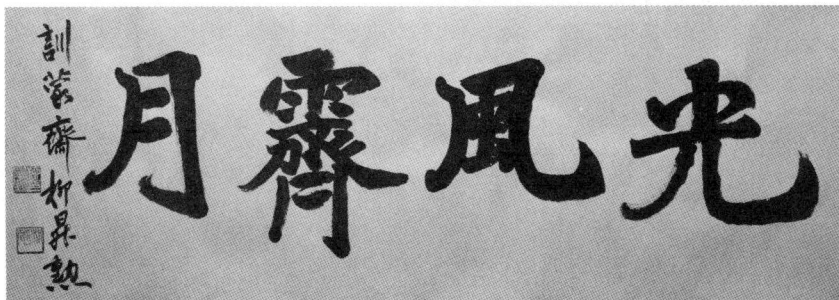

光风霁月

第二节　名篇诵读

《宋史·周敦颐传》（节选）

周敦颐，字茂叔，道州营道人。博学力行，著《太极图》，明天理之根源，究万物之终始。又著《通书》四十篇，发明太极之蕴。

序者谓："其言约而道大，文质而义精。得孔孟之本源，大有功于学者也。"

掾南安时，程珦通判军事，视其气貌非常人，与语，知其为学知道，因与为友，使二子颢、颐往受业焉。敦颐每令寻孔、颜乐处，所乐何事，二程之学源流乎此矣。故颢之言曰："自再见周茂叔后，吟风弄月以归，有'吾与点也'之意。"侯师圣学于程颐，未悟，访敦颐，敦颐曰："吾老矣，说不可不详。"留对榻夜谈，越三日乃还。颐惊异之，曰："非从周茂叔来耶？"其善开发人类此。

嘉定十三年，赐谥曰"元公"。淳祐元年，封汝南伯，从祀孔子庙庭。

【点评】

"序者谓"，指南宋翁酉为蔡渊《太极图解》所作的《序》。

翁酉，一作翁泳，字永叔，号思斋，建宁府建阳人。蔡渊弟子，朱熹三传弟子。绍定五年进士，景定中为上元县丞，曾任明道书院山长。

《濂溪先生画像赞》

朱　熹

道丧千载，圣远言湮。不有先觉，孰开我人？

书不尽言，图不尽意。风月无边，庭草交翠。

【点评】

朱子作《六先生画像赞》，六先生是：濂溪先生、明道先生、伊川先生、康节先生、横渠先生、涑水先生。

濂溪先生诗选

牧　童

东风放牧出长坡，谁识阿童乐趣多。

归路转鞭牛背上，笛声吹老太平歌。

春　晚

花落柴门掩夕晖，昏鸦数点傍林飞。

吟余小立阑干外，遥见樵渔一路归。

暮春即事

双双瓦雀行书案，点点杨花入砚池。

闲坐小窗读《周易》，不知春去几多时。

游大林寺

三月山房暖，林花互照明。

路盘层顶上，人在半空行。

水色云含白，禽声谷应清。

天风拂襟袂，缥缈觉身轻。

第一节　儒家理学的发展脉络

2018 年 5 月 28 日，国务院新闻办公室召开发布会，公布了"中华文明探源工程"重大研究成果：

1. 距今 5800 年前后，黄河、长江中下游以及西辽河等区域出现了文明起源迹象。

2. 距今 5300 年以来，中华大地各地区陆续进入了文明阶段。

3. 距今 3800 年前后，中原地区形成了更为成熟的文明形态，并向四方辐射文化影响力，成为中华文明总进程的核心与引领者。

中国历史的开端，《史记》始于《五帝本纪》。而儒家系统的中国文明史，始于《书经》的《尧典》《舜典》。

中国古代儒家学派及其思想的发展，可以简要地分作三段：

1. 上古时期（虞夏商周）

2. 中古时期（秦汉—隋唐）

3. 近古时期（宋代—清代）

汉代武梁祠汉画石中的伏羲女娲、祝融、神农、黄帝（自右至左）

汉代武梁祠汉画石中的帝颛顼、帝喾、帝尧、帝舜、帝禹（自右至左）

一、上古时期：姚姒子姬

唐虞时代距今大约 4300 年，夏禹时代距今大约 4100 年。

自尧、舜至孔子，思想影响持续 1800 年。

上古时期的历史发展脉络是：皇—帝—王—伯。

皇：三皇（太昊伏羲氏、炎帝神农氏、黄帝轩辕氏）。

帝：五帝（黄帝、帝颛顼、帝喾、帝尧、帝舜）。

王：三王（夏禹、商汤、周文武）。

伯：五伯（齐桓、晋文、楚庄、吴王阖闾、越王勾践）。

"昊"又写作"皞""暤"，"伯"读作"霸"。

夏商周（西周），合称"三代"。

虞夏商周（西周），又称"姚姒子姬"，合称"四代"。

虞，姚姓。夏，姒姓。商，子姓。周，姬姓。

三代、四代，是中国古代的黄金时代。社会伦理的开端、王政道统的开辟、中国学术的起源，都在这一时期高调亮相。这时儒家学派的名称还没有出现，但是儒家思想的内容已经存在。

《中庸》说："仲尼祖述尧舜，宪章文武。"

《汉书》接着说："儒家者流，祖述尧舜，宪章文武，宗师仲尼。"

因此，"姚姒子姬"是儒家学派的创始和肇端。

"人心惟危，道心惟微，惟精惟一，允执厥中。"《书经·虞夏书》中这十六字心传，尧之所以授舜，舜之所以授禹。它指出宇宙天地间万事万物的存在可以划分为两类：有人心，有道心。既然认为有"道心"，就必然是承认世界上有统一的客观的规则；既然认为有"人心"，就必然是承认人类的主观能动性，也承认人类的作为与天道相背离的可能性，因而时时加以警惕。这就是哲学、理学、儒学的开端，是世界上其他民族所没有的认识，是我们祖先的独特贡献。

在中华文明的肇始阶段，我们的祖先就已经认识到，有一种珍贵的重要的事物，人类社会必须首先去寻求它。这个事物就是"道"。

三代、四代探索出来的"道"，为后来世世代代的人们引为最高典范，并称之为"唐虞之道""尧舜之道"。

这时期的学术著作，最主要的是"六经"。

《诗经》温柔敦厚，《书经》疏通知远，《乐经》广博易良，《易经》絜静精微，《礼经》恭俭庄敬，《春秋经》属辞比事。

《诗》以道志，《书》以道事，《礼》以道行，《乐》以道和，《易》以道阴阳，《春秋》以道名分。

"六经"具有不可替代的社会作用，所以称之为"经"。

"六经"是虞夏商周四代的特有的学问，古人称之为"王官之学"。

在上古时期，人文发展的最早阶段，姚姒子姬的时代，我们的祖先创立了"唐虞之道""尧舜之道"，影响着上古时期大约1800年的文明历程，直到孔子、孟子出现。

换言之，在整个上古时期，是"姚姒子姬"的思想光芒照耀着我们的前程。

北宋胡宁刊刻的孔子画像

二、中古时期：孔曾思孟

秦代距今 2240 年，宋代距今 1059 年。

自孔子至周濂溪，思想影响持续 1568 年。

东周时期，周文疲敝，王室夷陵，王官失守。这时候"孔曾思孟"崛起，开创了"孔孟之道"，影响了其后中古时期差不多 1500 年的文明历程。

换言之，在从汉到唐的中古时期，是"孔曾思孟"的思想光芒照耀着我们的前程。

孔：孔子（前 551 年—前 479 年）。子姓，孔氏，名丘，字仲尼。商汤王后裔。修订、教授、传承《诗》《书》《礼》《乐》《易》《春秋》六经。

曾：曾子（前 505 年—前 432 年）。姓曾，名参，字子舆。传承《孝经》。

思：子思（前 483 年—前 402 年）。子姓，孔氏，名伋，字子思。孔鲤嫡子、孔子嫡孙。作《中庸》。

孟：孟子（前 372 年—前 289 年）。姓孟，名轲，字子舆。著《孟子》。

儒学的发展应时而变，在不同的时代呈现为不同的形态。

虞夏商周是"王官之学"的形态，东周是"原始儒家"的形态。孔子私家讲学，删订六经，称名"儒家"。孔子的核心观念是"仁"，孟子的核心观念是"义"。

汉代宗师仲尼，折中六艺，推尊经学，汉代的儒学是经学的儒学。东周之后，汉儒承秦火余烬，"古文经学"一派收拾残篇，章句训诂，实事求是，以保存文献为急务。同时又有"今文经学"一派，记录古来口耳之传之书，而倡导微言大义。

魏晋大畅玄风，融汇释老，魏晋的儒学是玄学的儒学。

唐代汇纂《五经正义》，唐代的儒学仍是经学的儒学。

到了宋代，儒学呈现为"理学""道学"的新形态。宋儒承五代之丧乱，内则佛道二教相逼，儒风不竞，外则辽、金、西夏、蒙古四夷相迫，又去古已远，取法周官而不得，即便取法汉制、唐制亦不可能，故专注于反躬内心，坚守文化信仰，言理、言道、言心、言性，反而凌越汉唐而上之，而终至于传衍三代四代尧舜禹汤文武之道。此在宋儒亦势所必至。

到了明代，又有"心学"的形态，更加内向，更加简洁，更关注人心人性。

到了清代，又有"实学""考据学"的形态，讲究实学实用并注重古代文献的可信性论证。

凡是一种思想学说，都不可能一成不变、永远有效，因此必须顺应新的时代环境，应对新的历史局面，实现自我更新，重新注入活力。"理学"就是儒学在两宋阶段的创造性转化和创新性发展。周程张朱以其卓越的理论贡献，成功地完成了这一历史使命，从而使得儒家思想自孔曾思孟以来，跨越汉唐1500年，破除迷暗，获得新生。

三、近古时期：周程张朱

宋代距今1059年，清代距今108年。

五代衰世，人伦斁败，鲜廉寡耻，斯文扫地。两宋时期，五星聚奎，文运大开，名儒辈出。周程张朱，凌空崛起，开创了"理学""道学"的新形态，影响了其后近古时期差不多1000年的文明历程。

换言之，在从两宋到清代的近古时期，是"周程张朱"的思想光芒照耀着我们的前程。

太師徽國文公像
右像乃朱氏家廟所藏文公六十一歲時所寫真也玆謹模寫卷端使學者得以想見大賢道德之氣象云

朱子六十写真

儒家理学发展三阶段简表

时期	思想	道统	影响时间
上古	姚姒子姬	尧→舜→禹→汤→文→武→周公	约1800年
中古	孔曾思孟	孔子→曾子→子思→孟子	约1500年
近古	周程张朱	周子→二程子→张子→朱子	约1000年

　　周程张朱这一次儒家思想的复兴，较之欧洲的文艺复兴运动，提前了400年，为近古时期思想文化的发展做好了准备，也为整个东亚思想文化的充分发展做好了准备。

　　"理学""道学"对近古社会的影响尤其巨大。古代中国、韩国、越南、琉球、日本，人文成就领先于世界，号称"文明五国"。到了明代，中国的王阳明，古代韩国的李栗谷、李退溪，古代日本的中江藤树等人，又发展出"心学""性理学"。明末又有黄宗羲、顾炎武、王夫之，也都继续发挥着积极的影响。

欧洲文艺复兴与东亚儒学年代对比简表

欧洲文艺复兴	东亚儒学
1452—1519：达·芬奇，文艺复兴三杰之一	1472—1529：王守仁，号阳明，创立阳明学
1483—1520：拉斐尔，文艺复兴三杰之一	1536—1584：李珥，号栗谷，世称"海东孔子"
	1501—1570：李滉，号退溪，世称"海东朱子"
1475—1564：米开朗基罗，文艺复兴三杰之一	1608—1648：中江藤树，世称"近江圣人"

东亚五国虽然开化时间很早，但其典章制度的完备、古典文明的鼎盛，在明清时期才达到饱满，从而与欧洲文艺复兴时期的古典文化形成东西文明并美、共同进步的局面，主要是由于"理学""道学"的影响。

如果当时东亚文明衰微，世界格局就会不同。假如没有"理学"思想体系，东方就会受到威胁，局面倾危，后果不可想象。

所以说"天不生仲尼，万古如长夜"，而"阐发心性义理之精微，端数元公之破暗也"。

月岩石刻

第二节　名篇诵读

《宋史·道学传序》（节选）

"道学"之名，古无是也。三代盛时，天子以是道为政教，大臣百官有司以是道为职业，党、庠、术、序师弟子以是道为讲习，四方百姓日用是道而不知。是故盈覆载之间，无一民一物不被是道之泽，以遂其性。于斯时也，"道学"之名，何自而立哉？

文王、周公既没，孔子有德无位，既不能使是道之用渐被斯世，退而与其徒定礼乐，明宪章，删《诗》，修《春秋》，赞《易象》，讨论《坟》《典》，期使五三圣人之道昭明于无穷。故曰："夫子贤于尧、舜远矣。"

孔子没，曾子独得其传，传之子思，以及孟子，孟子没而无传。两汉而下，儒者之论大道，察焉而弗精，语焉而弗详，异端邪说起而乘之，几至大坏。

千有余载，至宋中叶，周敦颐出于春陵，乃得圣贤不传之学，作《太极图说》《通书》，推明阴阳五行之理，命于天而性于人者，了若指掌。张载作《西铭》，又极言理一分殊之旨，然后道之大原出于天者，灼然而无疑焉。仁宗明道初年，程颢及弟颐实生，及长，受业周氏，已乃扩大其所闻，表章《大学》《中庸》二篇，与《语》《孟》并行，于是上自帝王传心之奥，下至初学入德之门，融会贯通，无复余蕴。

迄宋南渡，新安朱熹得程氏正传，其学加亲切焉。大抵以格物致知为先，明善诚身为要。凡《诗》《书》六艺之文，与夫孔、孟之遗言，颠错于秦火，支离于汉儒，幽沉于魏、晋、六朝者，至是皆焕然而大明，秩然而各得其所。此宋儒之学所以度越诸子，而上接孟氏者欤！其于世代之污隆，气化之荣悴，有所关系也甚大。道学盛于宋，宋弗究于用，甚至有厉禁焉。后之时君世主，欲复天德王道之治，必来此取法矣。

【点评】

《宋史·道学传》是有史以来的第一个"道学传"。

"道"是始终存在的，不受任何人为因素的影响，自有宇宙天地即客观存在。

"道学"自尧舜禹汤文武以来，也是始终存在的。"道学"时显时隐，是因为传承它的人时显时隐。遇到圣贤就显，遇不到圣贤就隐。

世界上的事物往往是先有其实，后有其名；换言之，未有其名，未必未有其实。所以，"道学"可以说是自古

张伯行刊刻《濂洛关闽书》扉页

存在的。

但两宋的"道学"，其实就是儒学，就是儒学在两宋之际的独特形态；换言之，儒学在两宋时期的形态，就是突出"道"、突出"理"。

王阳明书《周子通书》(局部)

第四讲

第一节　濂溪先生的思想学说——《太极图说》

故宫南熏殿历代圣贤名人像中的周濂溪像

周濂溪的思想以"天人贯通"为特色，构建了一套涵盖境界论、本体论和修养论的完整哲学体系。在北宋时期的儒学转型思潮中，周濂溪以其精深的哲学思维激活了时代主题，转化了儒学思想，破汉唐经学之旧，开宋明理学之先，是中国思想史上划时代的旷世大哲。

一、孔颜之乐

《论语》载："子曰：'贤哉回也！一箪食，一瓢饮，在陋巷，人不堪其忧，回也不改其乐。贤哉回也！'"

《孟子》载："颜子当乱世，居于陋巷，一箪食，一瓢饮，人不堪其忧，颜子不改其乐，孔子贤之。"

这个著名故事，史称"孔颜之乐"。

《二程遗书》又载程颢曰："昔受学于周茂叔，每令寻颜子、仲尼乐处，所乐何事？""某自再见茂叔后，吟风弄月以归，有'吾与点也'之意。"

"孔颜之乐"所讨论的是孔子和他的学生颜回在艰难困苦的环境中坚持理想、自得其乐的精神境界。

"孔颜之乐"的实际内涵，就是要超越世俗功利和物质利益，追求纯粹的精神幸福和精神快乐。在从汉代到唐代的儒学传统中，"孔颜之乐"并不是一个特别受到重视的话题，人们更为关注的是儒学治国平天下的实际功效。周濂溪处于北宋中期儒学转型的时代氛围中，向他的弟子二程等人重提"孔颜之乐"，实际上是为宋明理学提出了一个重大课题，那就是在传统的"外王型"政治儒学之外，开辟"内圣型"心性儒学的新天地、新领域。经过周濂溪和二程等人的阐释，"孔颜之乐"成了儒家知识分子所共同追求的人生理想和精神境界，为儒学的创新开辟了新的精神方向。

二、庭草交翠

朱子曾为周濂溪作《濂溪先生画像赞》，可说是对周濂溪人格及思想的一个完整概括和总结。

像赞其文曰："道丧千载，圣远言湮；不有先觉，孰开我人？书不尽言，图不尽意；风月无边，庭草交翠。"

"道丧千载"讲的是道统观念。儒家之道，在孟子去世后就湮没无闻。"圣远言湮"，圣人离我们太远了，言辞已被湮没。

"不有先觉，孰开我人"，如果没有先觉者，谁能够启迪我们这些后来人呢？

"书不尽言，图不尽意"，这是在讲周濂溪的思想贡献。"书不尽言"里面的"书"是指《通书》，"图不尽意"中的"图"是指《太极图》。尽管《太极图》和《通书》尚在，但仍不足以充分展现其思想的高致。

濂溪乐处

苑中菖蒲甚多此处特盛小
殿数楹流水周环于其下每
月凉暑夕风爽秋初净绿纷
红动香不已想西湖十里野
水苍茫无此端严清丽也左
右前后皆君子洵可永日

水轩俯澄泓天光涵数顷烂熳
六月春摇曳玻瑓影香风湖面
来炎夏方秋泠时披濂溪书乐
处惟自省君子斯我师何须求
玉井

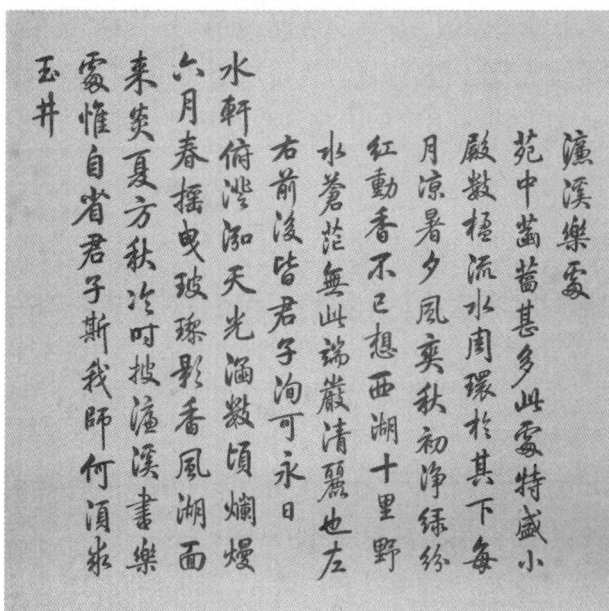

《圆明园四十景图咏》之一"濂溪乐处"

"风月无边，庭草交翠"，"风月无边"一句暗含了黄庭坚对周濂溪的评价——"人品甚高，胸怀洒落，如光风霁月"。"庭草交翠"则与周濂溪的一个小故事有关。周濂溪家院子里的杂草长满了之后也不除去，人家问他为什么不去除一除杂草，周濂溪回答说："如自家意思一般。"那杂草生机勃勃的，何必要除去它呢？杂草追求这样的生机，人类也追求这样的生机，那为什么要断掉杂草的生机呢？

北宋道学家普遍喜欢有生命力的东西，比如程颢喜观鸡雏，张载喜闻驴鸣，而这种趣味跟他们对世界的理解是紧密相关的。

三、《太极图说》

周濂溪根据儒家经典《周易》，提出了一个以"太极"为最高范畴的宇宙本体论思想体系，为理学的哲学体系奠定了基础。

所谓"无极而太极"，根据朱熹的解释，"太极"是宇宙演化的根本，因其无形无象，故又名"无极"。宇宙的演化是从混沌的元气中分化出阴阳、五行和万物，而"太极"则是纷繁复杂的宇宙万物背后的统一性"本体"。

宋明理学以"天理"或"理"为核心概念，"太极"实际上就是"理"的代名词。《太极图说》后来成了理学的经典著作，这与周敦颐思想的哲学高度是分不开的。

《太极图说》和《太极图》要对照着读，《太极图说》是用来解释《太极图》的，没有《太极图说》，《太极图》就不可理解。

《太极图》分五个圈，这是周濂溪版本的《太极图》。后世流传的阴阳鱼太极图，原名是《天地自然之图》。据专家考证，阴阳鱼太极图直到明代才出现。最早的《太极图》，是周濂溪的《太极图》。

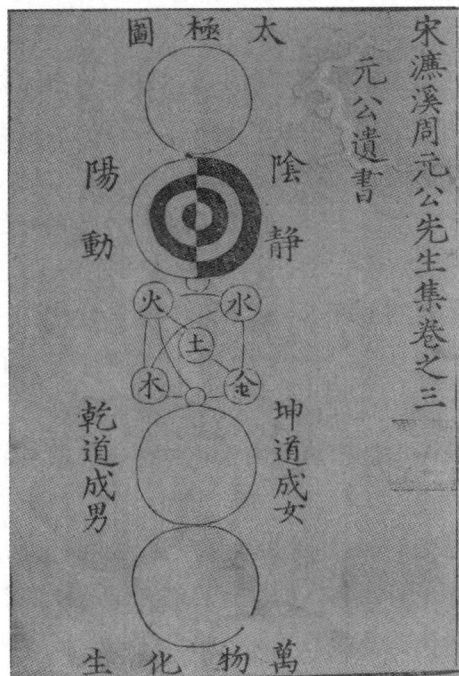

明万历三年永州知府王俸刻本《太极图》

《太极图》的五个圈：第一圈是"无极而太极"，第二圈是"阴阳坎离图"，第三圈是"五行四象图"，第四圈是"乾坤男女图"，第五圈是"万物化生图"。这五个圈组成了完整的《太极图》，表达的是天地万物的生成过程。

四、立人极

《太极图说》不满 300 字，分为两个部分。第一部分从"无极而太极"到"万物生生而变化无穷焉"，是对《太极图》的说明，是概括宇宙自然的生化过程。第二部分从"惟人也，得其秀而最灵"到"大哉《易》也，斯其至矣"，这是《太极图》中没有画出的，是人类伦理道德和价值规范的形成过程。

第一部分的关键词是"太极"，"太极"是自然万物形成的基础。第二部分的关键词是"人极"，"人极"是人世间社会文明形成的基础。将《太极图说》的这两个部分加以贯通，可以看出，"太极"和"人极"是一致的，"人极"就来自于"太极"。也就是说，人类的价值规范、善恶标准来自宇宙自然的运行规律。人世间的价值规范，何者为善，何者为恶，并不是人的主观偏见，而是超越性的，是天地自然法则的反映，因而是公平合理的。

周濂溪提出了一套宇宙本体论思想体系，其最终的目的还是为了"立人极"，即通过贯通天人，以宇宙本体"太极"为依据，树立人间的道德规范"人极"。

周敦颐认为，天道的运行以"诚"为本，人道的树立也以"诚"为终极性的根据。"诚"是人的本性，但在人与外部世界的交往活动中，本性会发生变化，产生善和恶的区分。因此，道德修养的方法就是要"主静""主一"，努力在虚静的状态中使心灵得到涵养，从而与本性之"诚"合一。周濂溪所提出的道德修养方法，旨在使心灵达到一种虚灵空寂而又健康充实的状态，培养道德本源。这种修养方法具有一定的合理性。

哲学的要害之处在于：要有一个思想的原点，在这个原点上，退无可退，退下去就是万丈深渊。在这个原点上可以爆发出巨大的思想力量。在西方文化中，这个思想的原点是"上帝"，万事皆可怀疑，"上帝"不可怀疑。在中国文化中，这个思想原点是真实的宇宙自然，人是自然之子，自然法则就是人世间的法则。

周濂溪思想的启发之处在于：人是从自然中生成的"自然之子"，人秉承了自然的"灵秀之气"，那么，人是不是可以反过来征服自然，为己所用？按照中国文化的思路，不是这样。人的局限性在于自己的身体，但人的生命实际上并不局限于自己的身体，而是与天地万物为一体。

五、观万物

人与宇宙自然一体，这种观念还引发出一种更深层次的思想：人在这个世界上应该做什么？这是康德在《纯粹理性批判》中提出的问题。对于周濂溪这样的宋明理学家来说，这个问题的答案是朴素而自然的：人应该超越自己的身体，或者说，人应该尽量扩充自己的身体，感受他人，感受天地万物。当然，扩充自己的身体，只是一种比喻的说法，实际的做法是扩充自己的感受能力。在这个意义上，孟子的"性善论"才能够成立。

从生活现象中，我们也可以领悟到这一点：当有人无辜受到伤害时，我们会有孟子所说的"恻隐之心"。我们能真实地感觉到他人的苦痛、悲伤，甚至动物和植物所遇到的不幸处境，也能引发我们的共鸣。

"性善论"可以这样理解：我们的心，也就是我们感受世界的能力，如同一架钢琴那样，在潜在的意义上，可以弹奏出人世间最美妙、最和谐的音乐，但问题是要调整好钢琴的弦。钢琴没有调好弦，奏出的声音是杂乱的噪音。但这并不是说，钢琴永远只能弹出杂音。问题是要调整好琴弦和琴键，这样钢琴就能弹奏出美妙的乐曲。我们的心灵如同钢琴，"调弦"的步骤就是调整我们的心灵。调整过的心灵，面对外部事物，就能充分发现其美和善。宋明理学家所讲的"心性论"，大致就是这个意思。在周濂溪的《通书》中，有很多反映"心性论"思想的篇章。

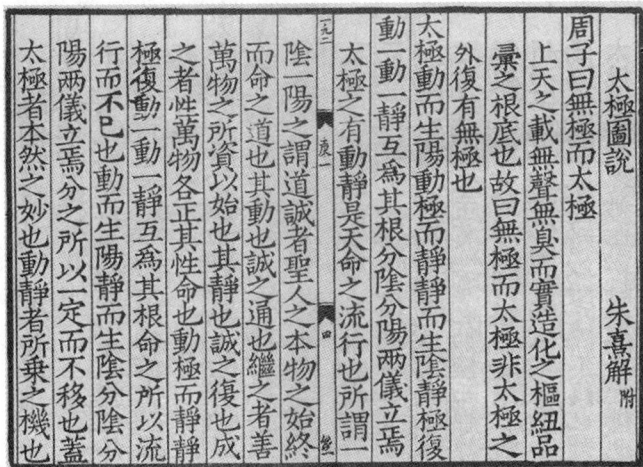

宋版《太极图说》书影

周濂溪生活中的一件小事，被他的弟子二程记载下来，说"周茂叔窗前草不除，欲以观万物生意"。余敦康教授曾经借用马克思之言阐释儒家的这种宇宙观说，"宇宙充满着生意，是一个带着诗意的感性光辉对人的全身心发出微笑的客观存在"。

第二节　名篇诵读

《太极图说》

周濂溪

无极而太极。

太极动而生阳。动极而静，静而生阴。静极复动。一动一静，互为其根。分阴分阳，两仪立焉。

阳变阴合，而生水火木金土。五气顺布，四时行焉。

五行一阴阳也，阴阳一太极也，太极本无极也。五行之生也，各一其性。

无极之真，二五之精，妙合而凝。乾道成男，坤道成女。二气交感，化生万物，万物生生，而变化无穷焉。

惟人也，得其秀而最灵。形既生矣，神发知矣，五性感动而善恶分，万事出矣。

圣人定之以中正仁义而主静，立人极焉。故圣人与天地合其德，日月合其明，四时合其序，鬼神合其吉凶。

君子修之吉，小人悖之凶。

故曰："立天之道，曰阴与阳；立地之道，曰柔与刚；立人之道，曰仁与义。"又曰："原始反终，故知死生之说。"

大哉《易》也，斯其至矣！

【点评】

《太极图说》是解释《太极图》的。上古的学问，往往有图有文，图文相配。《太极图》和《太极图说》都是解释《易经》和《易传》的。但孔子在《易传》中只说到"太极"，周濂溪则在《太极图说》中说到"无极"，这是他的最大贡献。朱子称道"无极"之理"亘古亘今颠扑不破"。

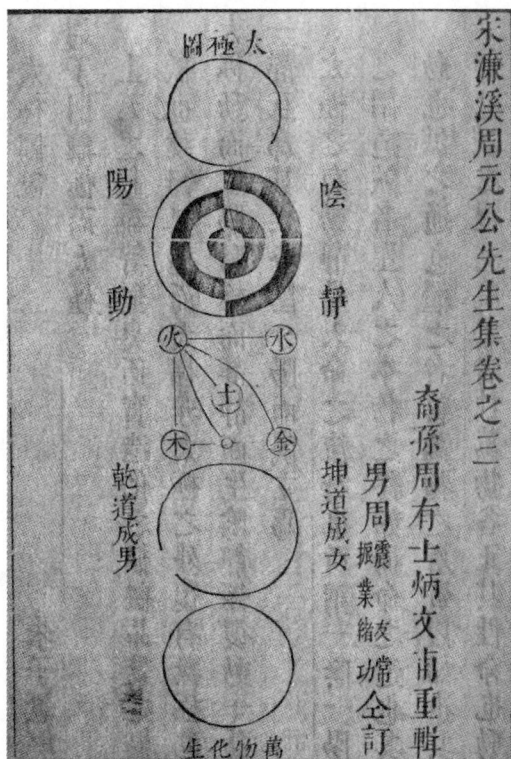

清雍正六年周有士刻本《太极图》

第五讲

第一节 濂溪先生的思想学说——《通书》

周濂溪一生留下两篇义理著作给后人，一篇《太极图说》，一篇《通书》。《太极图说》探求义理的精微，《通书》阐发学说的体系。二书实相表里，正如朱子所说："《通书》一部，皆是解《太极说》。"

《朱子语类》卷九十四："周子留下《太极图》，若无《通书》，却教人如何晓得？故《太极图》得《通书》而始明。"

一、理学首出的经典

《通书》的篇幅极其有限，共 40 章，不满 3000 字。最长的一章有 189 字，而最短的一章仅 22 字。但就是这样的一部小书，被奉为宋明理学首出的经典，受到了历代理学家们的高度重视，反复研玩诠解，乃至讨论争辩。原因不在于别的，就在于它蕴涵了相当丰富的义理，且浑沦简洁，为后人提供了很大的想象与解释的空间。

朱子于淳熙十四年（丁未1187）完成《通书》的注释以后，曾写过一篇《后记》，感慨地说：

熹自早岁即幸得其遗编而伏读之，初盖茫然不知其所谓，而甚或不能以句。壮岁获游延平（李侗）先生之门，然后始得闻其说之一二。比年以来，潜玩既久，

清张海若朱拓周濂溪先生像

乃若粗有得焉。虽其宏纲大用所不敢知，然于其章句文字之间，则有以实见其条理之愈密，意味之愈深，而不我欺也。顾自始读以至于今，岁月几何，倏焉三纪，慨前哲之益远，惧妙旨之无传。

朱子自己从早年开始，很幸运地得到了周濂溪《通书》的书稿而伏案细读。最初读的时候，茫然不知《通书》所讲为何，甚至不能逐句逐句地理解。等到壮年之后，他游于李侗先生门下，与李侗先生切磋交流，才觉得初步熟悉了《通书》的学说。多年以后，潜心摸索，玩味得久了，才觉得粗略有所心得。

朱子说，《通书》宏大的纲领和宽广的用处，自己还是不敢说已经知晓，但是在一章一章的文字中，还是能见到它条理的紧密、意味的深切。他说，从开始读《通书》到写《后记》的时候，年岁经过了很久，倏忽一下三十六年过去了，愈加玩味，愈觉得周敦颐先生所讲义理的深远，唯恐其中的妙道往后无法传承下去，所以，他为《通书》做注释，并且谦虚地说"虽知凡近，不足以发夫子之精蕴，然创通大义，以俟后之君子，万一其庶几焉"。这固然是朱子的谦辞，认为自己仅仅是有所"粗得"，但也从另一个方面体现了《通书》思想的缜密和深远。

在朱子看来，《通书》从理、气、五行的分合上，勾勒出了道体的精微；从道义、文辞、利禄的取舍上，超越了俗学的卑陋；又亲切、简要、实在地论述了修养功夫（"入德之方"）及治国方法（"经世之具"），因此具有完整的理论体系即"宏纲大用"的性质。如果用现在的话来说，就是《通书》的内容包含了自然、心性、道德、涵养、教化、政治等方方面面。

成亲王书"香远益清"

二、教化与治理

《太极图说》的宇宙论图式最后讲到"二气交感，化生万物，万物生生，而变化无穷焉"，紧接着，特别强调了人在万物中的独特地位："惟人也，得其秀而最灵。"人是得其秀而最灵的，但是人类社会却恰恰需要治理。为什么"得其秀而最灵"的人反而需要治理呢？这要结合善恶的产生来做进一步阐发。《太极图说》紧接着说："形既生矣，神发知矣，五性感动而善恶分，万事出矣。圣人定之以中正仁义而主静，立人极焉。"有了人，就有了形体和神明的分化。内在的本性为外物所感，也就形成了善和恶的分别，世间万事也就由之而生。善恶既分，治理的必要也就产生了。在周濂溪的论述中，圣人发现了治理的原则，发现了人类的根本价值，这些原则和价值还得体现为具体的治理方法和措施，于是就引出了教化与治理的问题。

三、师道

儒家向来重视师道，如《礼记·学记》中记载："一年视离经辨志，三年视敬业乐群，五年视博习亲师，七年视论学取友，谓之小成；九年知类通达，强立而不反，谓之大成"，早期儒家经典已经提出过"亲师"在个人成德中的重要性。《通书》当中对师道有过专门的讨论。

《通书·师第七》：

> 或问曰："曷为天下善？"
> 曰："师"。
> 曰："何谓也？"
> 曰："性者，刚柔善恶，中而已矣。"
> 不达。
> 曰：刚善：为义，为直，为断，为严毅，为干固；恶：为猛，为隘，为强梁。
> 柔善：为慈、为顺、为巽；恶：为懦弱，为无断，为邪佞。
> 惟中也者，和也，中节也，天下之达道也，圣人之事也。
> 故圣人立教，俾人自易其恶，自至其中而止矣。
> 故先觉觉后觉，暗者求于明，而师道立矣。
> 师道立，则善人多。善人多，则朝廷正，而天下治矣。

有人问，什么能够称作"天下善"，周濂溪答道，师道可以说是天下至善的。询问者进一步探究详情，周濂溪答道，人的气质驳杂不纯，有刚的方面，有柔的方面，有善的方面，也有恶的方面，只有合乎"中道"才能算作"正"。

刚有善的方面，表现为正义、正直、果断、严毅等，也有恶的方面，表现为凶猛、狭隘、强梁等。柔有善的方面，比如慈柔、顺从等，恶的方面则表现为优柔寡断、懦弱无断、邪佞等。无论是刚的不足、过度，还是柔的不足、过度，都会导致恶的方面。就如同孟子讲人的四端之心，孟子说："无恻隐之心，非人也；无辞让之心，非人也；无羞恶之心，非人也；无是非之心，非人也。"四端可以称为人性善的开端、萌芽，但并非一定会导致善。相反，四端的过度和不及都会导致恶。如恻隐之心过度，人通常会显得懦弱，这和周濂溪讲的"柔恶"有相似之处。恻隐之心不够这人就显得心肠太硬，缺乏同情心。辞让之心不够，人就显得无礼，而辞让之心过度，这个人就显得虚伪。羞恶之心不足，人就没有"耻感"，而羞恶之心太过，人就显得羞答忸怩。是非之心不足，一个人就不能明辨事理，而是非之心过度，人就会斤斤计较。恻隐、羞恶、辞让、是非这四心得其"中"，才能生发为善。同样地，刚和柔都恰如其分地"中节"，也才算是天下的正道，这也是圣人教化百姓所为之事。

所以圣人为天下立教化，都是使人们自己调适个人气质中恶的方面，使其达到"中"而后止。要达到这样的目的，必须有先觉者来启发教化后觉者，就如同处于暗室的人寻求光明一样，这样，师道才算确立了。如果师道确立了，那么天下善人自然就多；天下善人多，朝廷就会趋于正道，天下也就自然而然达到治理了。

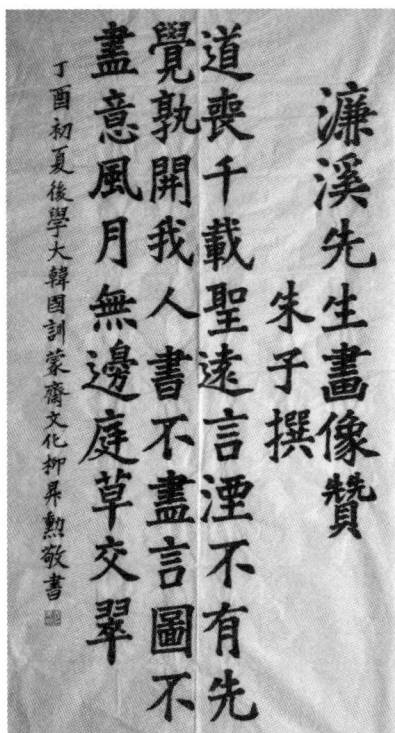

濂溪先生画像赞

四、礼乐

儒家文化又被称为"礼乐文化"，礼乐最开始和封建宗法制度有关。但随着宗法制度的瓦解，出现了"礼坏乐崩"的社会状态，《论语·阳货》中记载孔子的话："礼云礼云，玉帛云乎哉？乐云乐云，钟鼓云乎哉？"意思是："礼啊礼啊，说的难道是玉帛吗？乐啊乐啊，说的难道是钟鼓吗？"面对礼坏乐崩的现实，孔子提出要从"礼乐"背后的精神实质去看待礼的精神和乐的精神。

《通书·礼乐第十三》：

礼，理也；乐，和也。阴阳理而后和。君君、臣臣、父父、子子、兄兄、弟弟、夫夫、妇妇，各得其理，然后和，故礼先而乐后。

周濂溪非常重视礼乐的作用。关于"礼"，他有一个非常重要的发明："礼，理也。"什么叫作礼？合理的行为就叫礼。在这个地方，他实际上是要为儒家的"礼"找到一个背后的道理上的根源。由此可见，宋明道学或者宋明理学是儒家理性主义精神的发扬。

"乐者，和也"是《礼记·乐记》当中一直强调的。周子虽然强调"和"，但他更强调"礼"的优先性，礼先乐后，先谈礼才能谈乐。这样的思想，是对《论语》"礼之用，和为贵"的一个发挥。

在《通书》中，周濂溪特别重视乐的作用。与"乐"有关的一共有三章，即《乐上》《乐中》《乐下》。突出在两个方面：第一，乐以正为本。再好的乐都源自治理，和谐的音乐一定来自好的治理，没有好的治理一定不会有乐之和。第二，好的乐一定是"淡而不伤，和而不淫"的，《论语》里讲"哀而不伤"，这里讲"淡而不伤"。在周濂溪看来，淡与和是好的乐的标准，这是儒家基本的艺术观点。儒家从来不讲艺术要以美为核心。

周濂溪在这里有这样一句感慨："乐者，古以平心，今以助欲"，古代的乐是用来平正人心的，今天反而用来助长人们过分的欲望；"古以宣化，今以长怨"，古代的乐是用来宣扬政教的，今天却加深了人们的哀怨。

五、志学

志学是修养功夫。学要立志，立志的标准是：

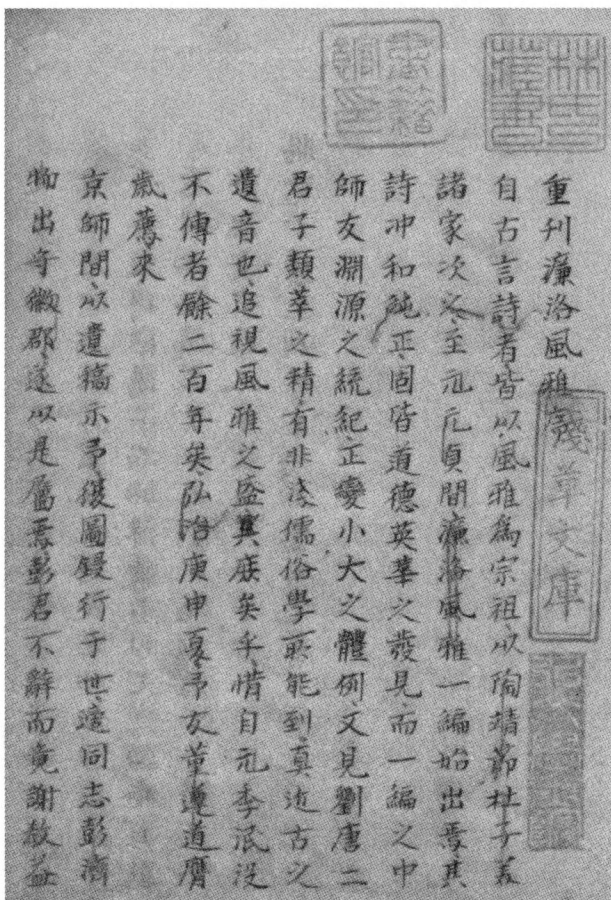

日本旧抄本《濂洛风雅·序》书影

"圣希天"：圣人追求的是天理的境界。

"贤希圣"：贤人追求的是圣人的境界。

"士希贤"：读书人追求的是贤人的境界。

《通书·志学第十》：

圣希天，贤希圣，士希贤。伊尹、颜渊，大贤也。伊尹耻其君不为尧、舜，一夫不得其所，若挞于市；颜渊不迁怒，不贰过，三月不违仁。志伊尹之所志，学颜子之所学，过则圣，及则贤，不及则亦不失于令名。

　　"志伊尹之所志"，因为这个世界需要圣人来治理，即使没有圣人出来也得有贤人出来；"学颜子之所学"，这是他为儒者确立的目标和理想。在周濂溪看来，士大夫应以此为目标。

　　伊尹代表了儒家致君泽民的榜样，颜渊则代表了儒家自我修养的典范。"志伊尹之所志"是要以伊尹为取法的楷模，致力于国家的治理和民众的幸福。"学颜子之所学"是指像颜子一样去追求圣人的精神境界。前者是"外王"，后者是"内圣"。

　　《通书·圣学第二十》：

　　"圣可学乎？"

　　曰："可。"

　　曰："有要乎？"

　　曰："有。"

　　"请闻焉。"

　　曰：一为要。一者，无欲也。无欲则静虚动直。静虚则明，明则通；动直则公，公则溥。明通公溥，庶矣乎！

　　在《通书·圣学》篇里，周濂溪提出了"圣可学"的观念，圣人的境界是可以通过学习来达到的。怎么才能达到圣人的境界？怎么才能学成圣人？周濂溪说："一为要"，"一"是学为圣人的根本，"一"就是纯一、专一的意思，专一并不是专一于具体某件事情。周敦颐接着说，"一者，无欲也"。在宋明道学的传统里，"欲"一般都是指过度的欲望，逾越了自己本分的欲望。"无欲则静虚动直"，无欲的结果是静则虚，动则直，无论动还是静，都能够做到公平。"静虚"的效果是"明"，明自然就通达；"动直则公"，公正的人才能博大，即周濂溪说的"溥"，"公则溥"。无欲指的是没有过度的欲求。因为没有过度的欲望，所以静则虚，能虚静，内心没有任何成见。而因为没有任何成见，所以能够客观地、如实地看待事物，因此就明通。直则无私念，无私念所以公平，公平才能够真正做到博大。

　　周濂溪不像同时代的大多数人那样以注疏的方式来思考和写作，他的哲学著作是以原创的形态呈现的。《太极图说》和《通书》里闪耀的那种朴素、明达、理性的光芒对后来者产生了巨大的影响，因此后世将周濂溪视为宋明道学的奠基者。

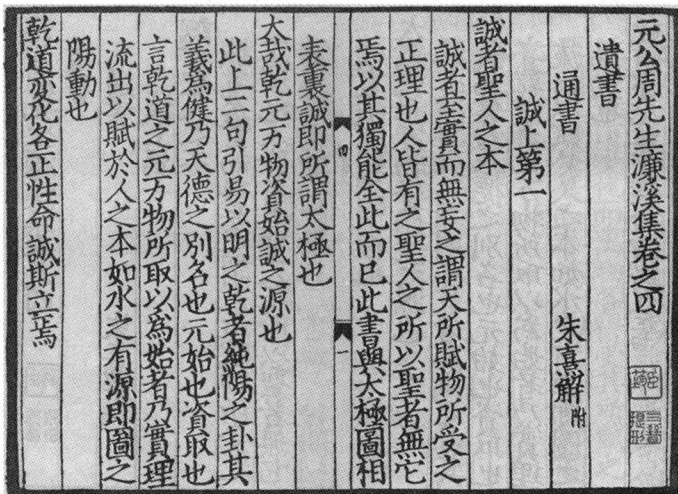

宋版《通书》书影

第二节　名篇诵读

《通书》(节选)

周濂溪

治第十二

十室之邑，人人提耳而教且不及，况天下之广，兆民之众哉！曰："纯其心而已矣。"

仁、义、礼、智四者，动静、言貌、视听无违之谓纯。

心纯则贤才辅。

贤才辅则天下治。

纯心要矣，用贤急焉。

师友上第二十四

天地间至尊者道，至贵者德而已矣。至难得者人，人而至难得者，道德有于身而已矣。

求人至难得者有于身，非师友，则不可得也已！

师友下第二十五

道义者，身有之，则贵且尊。

人生而蒙，长无师友则愚，是道义由师友有之。

而得贵且尊，其义不亦重乎！其聚不亦乐乎！

过第二十六

仲由喜闻过，令名无穷焉。今人有过，不喜人规，如护疾而忌医，宁灭其身而无悟也。噫！

圣蕴第二十九

不愤不启，不悱不发，举一隅不以三隅反，则不复也。

子曰："予欲无言。天何言哉？四时行焉，百物生焉！"

然则圣人之蕴，微颜子殆不可见。发圣人之蕴，教万世无穷者，颜子也。圣同天，不亦深乎！

常人有一闻知，恐人不速知其有也，急人知而名也，薄亦甚矣！

孔子上第三十八

《春秋》，正王道，明大法也，孔子为后世王者而修也。乱臣贼子诛死者于前，所以惧生者于后也。宜乎万世无穷，王祀夫子，报德报功之无尽焉。

孔子下第三十九

道德高厚，教化无穷，实与天地参而四时同，其惟孔子乎！

【点评】

《通书》中还有两句话，最有意义。

一句是："文，所以载道也。"

　　另一句是："无欲则静虚动直。"这句话在《太极图说》中表达为"无欲故静"。

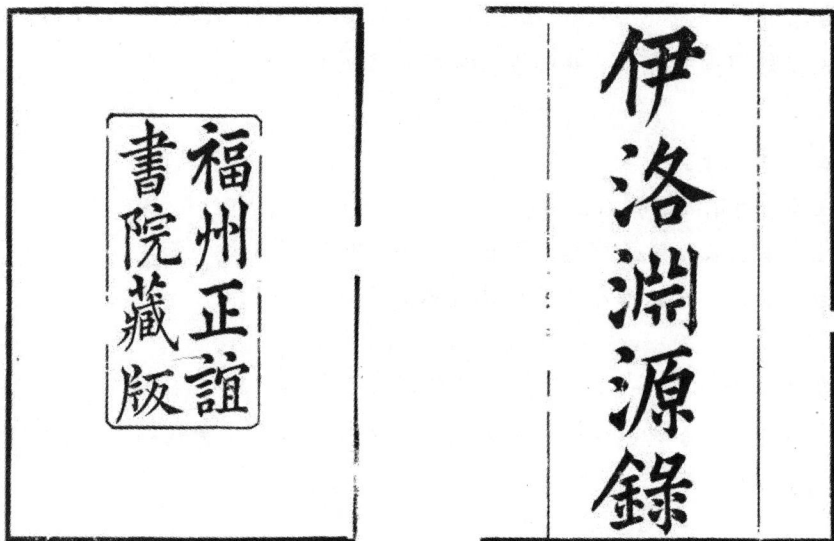

张伯行刊刻《伊洛渊源录》扉页和牌记

第六讲

第一节　濂溪先生与二程子

二程，又称两程，指大程子程颢、小程子程颐兄弟。

程颢（1032—1085），字伯淳，世称"明道先生"。

程颐（1033—1107），字正叔，世称"伊川先生"。

二程是濂溪先生的主要弟子和学术思想的传承人。

嘉定十三年（1220），明道获谥号曰"纯"，伊川获谥号曰"正"。淳祐元年（1241），明道被封为"河南伯"，伊川被封为"伊阳伯"，并且从祀孔庙。元代至顺二年（1331），明道加封为"豫国公"，伊川加封为"洛国公"。

二程"洛学"由弟子杨时南传，后三传而有朱熹集大成的"闽学"，形成影响中国乃至整个东亚近千年的程朱理学。

一、明道先生

朱子《明道先生画像赞》称："扬休山立，玉色金声。元气之会，浑然天成。瑞日祥云，和风甘雨。龙德正中，厥施斯普。"

伊川先生在为明道所作的《明道先生行状》中说："先生为学，自十五六岁时，闻汝南周茂叔论道，遂厌科举之业，慨然有求道之志。"

《河南程氏遗书》载明道语："某自再见周茂叔后，吟风弄月以归，有'吾与点也'之意。"

程颢像

朱光庭，字公掞，十岁能属文，初为孙复、胡瑗弟子，后入程颢门下。《伊洛渊源录》记载："朱公掞见明道于汝州，逾月而归，语人曰：'光庭在春风中坐了一月。'"

明道先生《秋日偶成》诗云："闲来无事不从容，睡觉东窗日已红。万物静观皆自得，四时佳兴与人同。道通天地有形外，思入风云变态中。富贵不淫贫贱乐，男儿到此是豪雄。"

伊川先生在《明道先生行状》中评论道："先生资禀既异，而充养有道。纯粹如精金，温润如良玉。宽而有制，和而不流。忠诚贯于金石，孝悌通于神明。视其色，其接物也，如春阳之温；听其言，其入人也，如时雨之润。胸怀洞然，彻视无间。测其蕴，则浩乎若沧溟之无际；极其德，美言盖不足以形容。"

元丰八年程颢卒，潞国公文彦博题其墓曰"明道先生"。

程颐作《明道先生墓表》曰："周公没，圣人之道不行；孟轲死，圣人之学不传。道不行，百世无善治；学不传，千载无真儒。无善治，士犹得以明夫善治之道，以淑诸人，以传诸后；无真儒，天下贸贸焉莫知所之，人欲肆而天理灭矣。先生生千四百年之后，得不传之学于遗经，志将以斯道觉斯民。天不慭遗，哲人早世。乡人士大夫相与议曰：道之不明也久矣。先生出，倡圣学以示人，辨异端，辟邪说，开历古之沉迷，圣人之道得先生而后明，为功大矣。于是帝师采众议而为之称以表其墓。学者之于道：知所向，然后见斯人之为功；知所至，然后见斯名之称情。山可夷，谷可湮，明道之名亘万世而长存。勒石墓傍，以诏后人。"

　　程颐说，圣人之道不行、不传一千四百年了，程颢得其学于遗经，志向是打算以斯道觉斯民，可惜哲人早世，所以帝师文彦博采众议而为之称以表其墓，题为"明道先生"。"明道"一名，意义尤其深远。

　　弟子刘立之评价他说："自孟轲没，圣学失传，学者穿凿妄作，不知入德。先生杰然自立于千载之后，芟辟榛秽，开示本原，圣人之庭户晓然可入，学士大夫始知所向。"

　　弟子朱光庭评价他说："自孟轲以来，千有余岁，先王大道得先生而后传，其补助天地之功，可谓盛矣。虽不得高位以泽天下，然而以斯道倡之于人，亦已较著，其间见而知之，尚能似之，先生为不亡矣。"

　　刘立之又说："从汝南周茂叔问学，穷性命之理，率性会道，体道成德，出处孔、孟，从容不勉。"在刘立之看来，明道受濂溪先生影响，体道成德，已有孔、孟气象。这就是明道受濂溪先生人格感染而心志、气貌有所改变的表现。

　　二、伊川先生

程颐像

　　《伊川先生年谱》称："幼有高识，非礼不动。"

皇祐二年（1050），伊川年十八，"闲游太学。时海陵胡翼之先生方主教导，尝以'颜子所好何学论'试诸生。得先生所试，大惊，即延见，处以学职。吕希哲原明与先生邻斋，首以师礼事焉。既而四方之士，从游者日益众"。

胡翼之即胡瑗，与石介、孙复一起被称为"宋初三先生"。胡瑗当时主讲太学，因为受胡瑗的推崇，伊川《颜子所好何学论》成为传诵至今的经典名篇。

《宋元学案》记载，伊川"接学者以严毅。尝瞑目静坐，游定夫、杨龟山立侍不敢去。久之，乃顾曰：'日暮矣！姑就舍。'二子者退，则门外雪深尺余矣"。

元祐元年（1086），伊川至京师，任崇政殿说书，主张天子要多读书，上奏言："今间日一讲，解释数行，为益既少。又自四月罢讲，直至中秋，不接儒臣。殆非古人旦夕承弼之意。"

伊川又提出给天子讲读，不能在阁中，要改在殿中。上奏言："迩英阁暑热，乞就崇政、延和殿讲读。"

给事中顾临认为，不可在殿上讲读。伊川就又提出，老师给天子讲课，要坐着讲，不能站立着讲。又上奏言："祖宗以来，并是殿上坐讲。自仁宗始就迩英，而讲官立侍，盖从一时之便耳，非若临之意也。今临之意，不过以尊君为说，而不知尊君之道。"

这些主张都体现了夏商周三代"尊师敬道"的原则。

《伊川先生年谱》记载："先生在经筵，每当进讲，必宿斋豫戒，潜思存诚，冀以感动上意，而其为说，常于文义之外，反复推明，归之人主……上或服药，即日就医官问起居，然入侍之际，容貌极庄。"

《伊川先生年谱》又载："尝闻上在宫中起行漱水，必避蝼蚁。因请之曰：'有是乎？'上曰：'然，诚恐伤之尔。'先生曰：'愿陛下推此心以及四海，则天下幸甚。'一日，讲罢未退，上忽起凭槛，戏折柳枝。先生进曰：'方春发生，不可无故摧折。'"

朱子《伊川先生画像赞》称："规员矩方，绳直准平。允矣君子，展也大成。布帛之文，菽粟之味。知德者希，孰识其贵！"

黄百家《宋元学案》评价道："二程子虽同受学濂溪，而大程德性宽宏，规模阔广，以光风霁月为怀；二程气质刚方，文理密察，以峭壁孤峰为体。其道虽同，而造德自各有殊也。"

三、二程从学濂溪

明道、伊川应当先后两次跟随濂溪先生学习。

第一次跟随濂溪先生学习为宋仁宗庆历六年（1046）。当时，二程的父亲程珦任虔州兴国县知县，被借调到南安军，担任临时的副知军，濂溪正在南安军担任司理参军。程珦见濂溪气貌不同寻常，是一个为学知道的人，因此与他结交为好友，并且让自己的两个儿子明道、伊川拜濂溪先生为师，跟随他学习。当时明道十五岁，伊川十四岁。二程第一次跟随濂溪先生学习的时间、地点、缘由都有明确记载。

第二次跟随濂溪先生学习，应当是濂溪担任湖南郴州郴县、桂阳县令时，时间为庆历七、八年间，不超过皇祐三年（1051）底或四年初。

濂溪先生不仅影响了二程的人生追求、精神境界，同时也开启了他们的学术之端。

元儒侯克中《濂溪周子》诗云："千年伊洛渊源盛，总是濂溪一脉功。"肯定了"濂溪一脉"对"伊洛渊源"的影响，肯定了洛学对濂学的继承关系。

四、令寻孔颜之乐

《河南程氏遗书》记载："昔受学于周茂叔，每令寻颜子、仲尼乐处，所乐何事。"可见，濂溪先生经常让明道、伊川寻找孔、颜乐处，所乐何事？

令寻"孔颜之乐"，实际是濂溪启发二程寻求儒学至道，并将此道融入生命，回归纯然至善的本初状态，达到"天人合一"的理想境界。

《通书·颜子第二十三》中说："颜子一箪食，一瓢饮，在陋巷，人不堪其忧而不改其乐。夫富贵，人所爱也。颜子不爱不求而乐乎贫者，独何心哉？天地间有至贵至爱可求而异乎彼者，见其大而忘其小焉尔。见其大则心泰，心泰则无不足，无不足则富贵贫贱处之一也。处之一则能化而齐，故颜子亚圣。"

《河南程氏粹言》又载："子谓门弟子曰：昔吾受《易》于周子，使吾求仲尼、颜子之所乐。要哉此言，二三子志之。"

濂溪先生提出了寻求"孔颜之乐"的主题，伊川则进一步对如何达到"孔颜之乐"做了系统的阐明，集中体现在其《颜子所好何学论》。

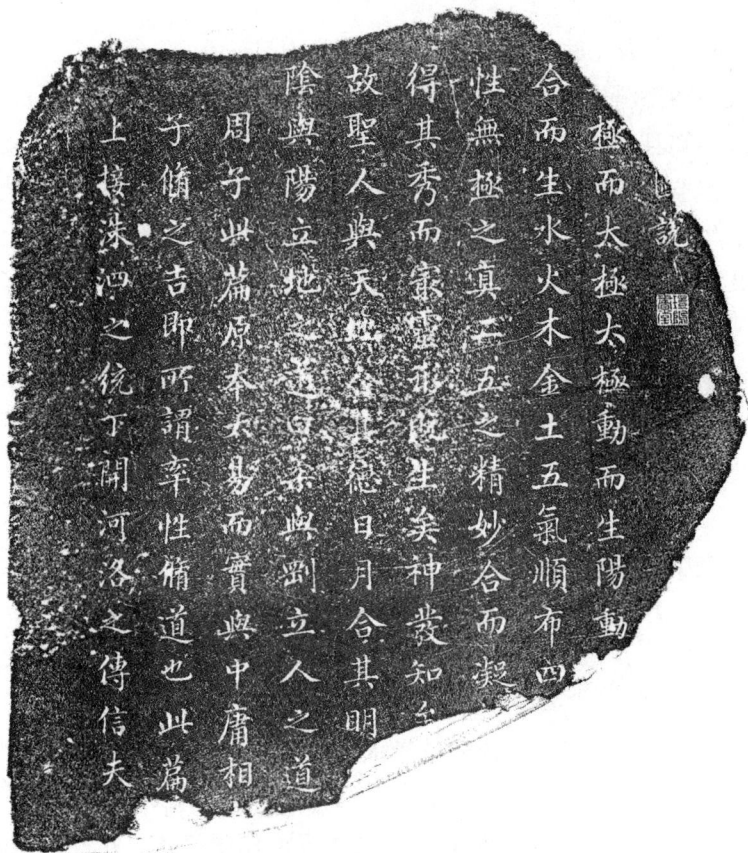

日本东京大学所藏《太极图说》残刻

五、传授《太极图》

邵伯温作《易学辨惑》，记其父邵雍事，说道："伊川同朱公掞（朱光庭）探访先君（邵雍），先君留之饮酒，因以论道。伊川指面前食桌曰：'此桌安在地上，不知天地安在甚处？'先君为之极论天地万物之理，以及六合之外，伊川叹曰：'平生惟见周茂叔论至此，然不及先生之有条理也。'"

据宋代度正《周敦颐年谱》记载，濂溪先生作《太极图》，单独手绘而传授明道、伊川，其他人都不曾听闻。可知濂溪先生应当向二程教授过宇宙论的知识，只是文献记载较少。

胡宏《通书略序》说："今周子启程氏兄弟以不传之妙，一回万古之光明，如日丽天；将为百世之利泽，如水行地。其功盖在孔、孟之间矣。"胡宏认为周子传道给二程，绍续儒道之功可比于孔、孟。

胡宏弟子曾幾《拙堂记》："二程先生，一世师表，而学问之渊源，实自濂溪出。"曾氏直接指出二程学问源于濂溪。张栻曰："河南二程先生兄弟，从而得其说，推明究极之，广大精微，殆无余蕴。"

朱子说道："（濂溪）不由师传，默契道体，建《图》属《书》，根极领要。当时见而知之有程氏者，遂扩大而推明之，使夫天理之微，人伦之著，事物之众，鬼神之幽，莫不洞然毕贯于一。而周公、孔子、孟氏之传，焕然复明于当世。"以濂溪、二程为孔、孟正传，濂溪契合圣道，二程承续其思想，而又有所发明，遂使儒学再兴。

朱子又说："盖先生之学，其妙具于太极一图。《通书》之指，皆发此图之蕴。而程先生兄弟语及性命之际，亦未尝不因其说。观《通书》之《诚》《动静》《理性命》等章，及程氏之书《李仲通铭》《程邵公志》《颜子好学论》等篇，则可见矣。"

在朱熹看来，二程理论核心"天道""性""命"等思想的阐发，多因袭濂溪先生之说而有所推明，可谓一脉相承。深入解读濂溪先生《太极图说》《通书》与程氏《识仁篇》《定性书》《李寺丞墓志铭》《程邵公墓志》《颜子所好何学论》《易序》等篇章，即可以发现。

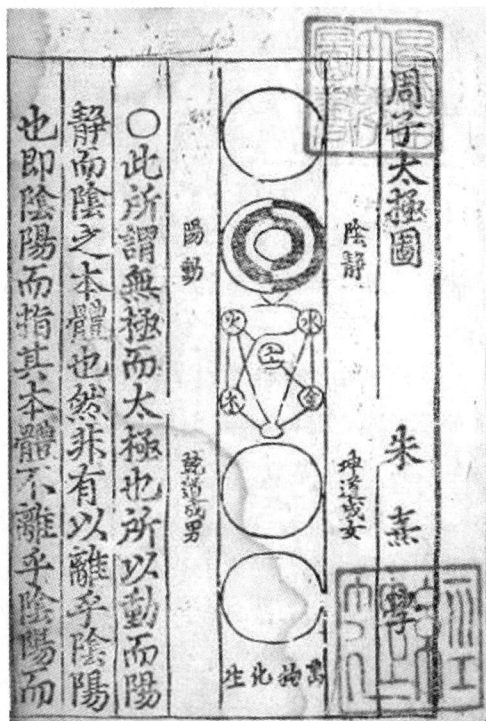

日本早稻田大学藏本《周子太极图通书》书影

第二节　名篇诵读

《颜子所好何学论》

程伊川

圣人之门，其徒三千，独称颜子为好学。夫《诗》《书》六艺，三千子非不习而通也。然则颜子所独好者，何学也？学以至圣人之道也。

"圣人可学而至欤？"曰：然。

"学之道如何？"曰：天地储精，得五行之秀者为人。其本也真而静，其未发也，五性具焉，曰仁义礼智信。形既生矣，外物触其形而于中矣。其中动而七情出焉，曰喜怒哀惧爱恶欲。情既炽而益荡，其性凿矣。是故觉者约其情，使合于中，正其心，养其性，故曰性其情。愚者则不知制之，纵其情而至于邪僻，牿其性而亡之，故曰情其性。凡学之道，正其心、养其性而已。中正而诚，则圣矣。

君子之学，必先明诸心，知所养，然后力行以求至，所谓自明而诚也。故学必尽其心。尽其心，则知其性。知其性，反而诚之，圣人也。故《洪范》曰："思曰睿，睿作圣。"诚之之道，在乎信道笃。信道笃则行之果，行之果则守之固。仁义忠信不离乎心，造次必是，颠沛必是，出处语默必是。久而弗失，则居之安，动容周旋中礼，而邪僻之心无自生矣。

故颜子所事，则曰"非礼勿视，非礼勿听，非礼勿言，非礼勿动"。仲尼称之，则曰"得一善，则拳拳服膺而弗失之矣"，又曰"不迁怒，不贰过，有不善未尝不知，知之未尝复行也"。此其好之笃，学之之道也。

视听言动皆礼矣，所异于圣人者，盖圣人则不思而得，不勉而中，从容中道，颜子则必思而后得，必勉而后中。故曰：颜子之与圣人，相去一息。孟子曰："充实而有光辉之谓大，大而化之之谓圣，圣而不可知之谓神。"颜子之德，可谓充实而有光辉矣，所未至者，守之也，非化之也。以其好学之心，假之以年，则不日而化矣。故仲尼曰"不幸短命死矣"，盖伤其不得至于圣人也。所谓化之者，入于神而自然，不思而得，不勉而中之谓也。孔子曰"七十而从心所欲不逾矩"是也。

或曰："圣人，生而知之者也。今谓可学而至，其有稽乎？"曰：然。孟子曰：

"尧、舜，性之也，汤、武，反之也。"性之者，生而知之者也。反之者，学而知之者也。又曰：孔子则生而知也，孟子则学而知也。后人不达，以谓圣本生知，非学可至，而为学之道遂失。不求诸己而求诸外，以博文强记、巧文丽辞为工，荣华其言，鲜有至于道者。则今之学，与颜子所好异矣。

【点评】

朱子说："看程先生《颜子所好何学论》，说得条理，只依此学，便可以终其身也。"(《朱子语类》卷三十)

《西铭》

张横渠

乾称父，坤称母。予兹藐焉，乃混然中处。故天地之塞，吾其体；天地之帅，吾其性。民吾同胞，物吾与也。

大君者，吾父母宗子；其大臣，宗子之家相也。尊高年，所以长其长；慈孤弱，所以幼其幼。圣其合德，贤其秀也。凡天下疲癃残疾、惸独鳏寡，皆吾兄弟之颠连而无告者也。

于时保之，子之翼也。乐且不忧，纯乎孝者也。违曰悖德，害仁曰贼。济恶者不才，其践形，唯肖者也。

知化则善述其事，穷神则善继其志。不愧屋漏为无忝，存心养性为匪懈。恶旨酒，崇伯子之顾养；育英才，颍封人之锡类。不弛劳而底豫，舜其功也；无所逃而待烹，申生其恭也。体其受而归全者，参乎；勇于从而顺令者，伯奇也。

富贵福泽，将厚吾之生也；贫贱忧戚，庸玉女于成也。存，吾顺事；没，吾宁也。

【点评】

张横渠，名载，字子厚，长安横渠镇人，世称横渠先生。

张载是"濂洛关闽"中"关学"的代表人物，《西铭》是张载的代表著作，与濂溪先生《太极图说》有异曲同工之妙。

《西铭》一篇的宗旨，是说人类应当尊重天地自然。"圣人之于天地，如孝子之于父母。"

程颢评价说："此横渠文之粹者也。""须得他子厚有如此笔力，他人无缘做得。孟子以后，未有人及此。""子厚之文，醇然无出此文也，自《孟子》后，盖未见此书。"

朱子评价说："横渠之学是苦心得之。""独于《西铭》见得好。"

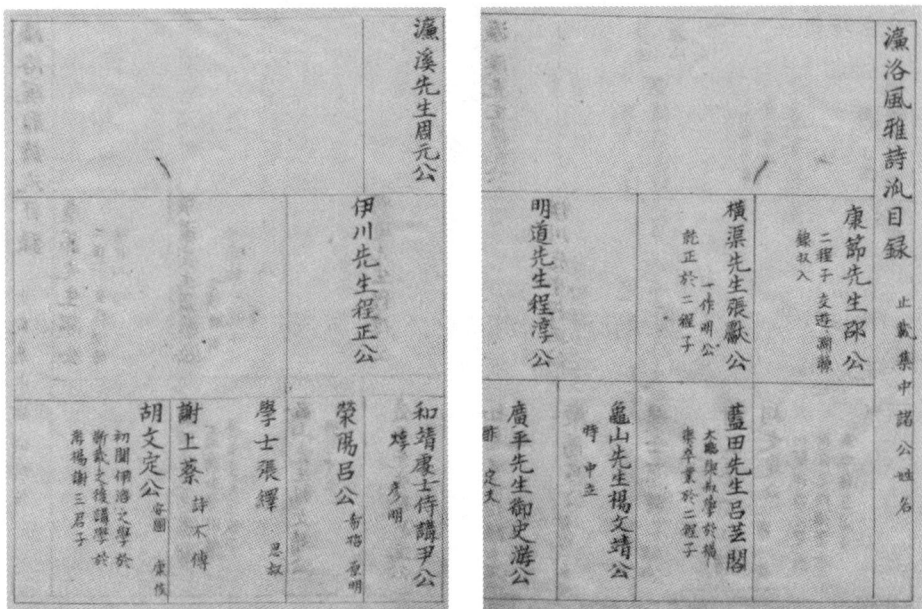

《濂洛风雅》诗派传承图

第七讲

第一节　濂溪先生与朱子

一、嗣兴道统

朱熹(1130—1200)，字元晦，一字仲晦，尊称朱子。祖籍徽州婺源，生于福建尤溪，侨寓福建建阳。

朱子继承二程洛学，推尊周濂溪，建构道统谱系，是理学的集大成者。宝庆三年(1227)，朝廷下《晦庵先生赠太师追封信国公制词》，因其"嗣兴道统"之功，特赠"太师"，追封为"信国公"。绍定三年(1230)九月，改封为"徽国公"。

朱熹谥号为"文"，朝廷谥议体现了其思想成就，肯定了其构建道统的功劳。

嘉定二年(1209)，尚书吏部员外郎兼考功郎官刘弥正上《晦庵先生朱文公覆谥议》云：

盖孔氏之道，赖子思、孟轲而明，子思、孟轲之死，明者复晦，由汉而下暗如也，及本朝而又明，濂溪、横渠剖其幽，二程子宿其光，程氏之徒嘘其焰，至公，圣道粲然矣。公之学，以诚持中，敬持外。其于书，舍六籍则诸子曲说不得干其思。其于道，不敢深索也，恐入乎幽；不敢过求也，恐汩其统。读书初贯穿百氏，终也缩以圣人之格言，自近而入微，由博而归约，原心于眇忽，析理于锱铢。采众说之精，而遗其粗；集诸儒之粹，而去其驳。呜呼！醇矣哉！孟氏以来不多有也……初太常议以文忠谥公。按公在朝之日浅，正主庇民之学，郁而不施，而著书立言之功，大畅于后，合文与忠谥公，似矣而非也。有功于斯文，而谓之文，简矣而实也。本朝欧苏不得谥文，而得者乃杨大年、王介甫。介甫经学非醇也，其事业亦有可恨，杨公正复文士尔。文乎文乎，岂是之谓乎？世多评韩愈为文而非也，《原道》谓轲之死不得其传，斯言也程子与之。公晚为韩文立《考异》一书，岂其心亦有合欤？请以韩子之谥谥公。

《覆谥议》肯定了朱子发明道学之功，也肯定自孔子、子思、孟子以下，至于周濂溪、张横渠、二程子、朱子的道统谱系。

朱子遗像

二、伊洛渊源

乾道九年（1173），朱子四十四岁，完成《太极图说》《通书》注解。又编撰《伊洛渊源录》十四卷，记周濂溪、程颢、程颐、张载等人及其交游、门弟子共四十六人言行事迹，以明其师友授受关系。实为"濂洛关闽"的授受谱系。

朱子《伊洛渊源录》将周濂溪列于第一卷，程明道列于第二、三卷，程伊川列于第四卷，邵康节列于第五卷，张横渠列于第六卷，记载诸人言行、事迹，以明其师友授受关系。"圣贤相传之道，炳然见于其中，如五纬之丽天，百川之有源委"，这实际上就是朱子想要建构的理学道统谱系。

元代苏天爵所作《伊洛渊源录序》，谓宋代中兴，周敦颐首出，二程继起，同时又有张载、邵雍，阐明大道，说道："宋代之兴，儒先挺出，周子得不传之学于《图》《书》，阐发幽秘。二程子扩大而推明之，穷理致知，以究其极。张子、邵子则又上下其议论。然后天理之微、人伦之著、事物之众、鬼神之幽，焕然复明于世。"

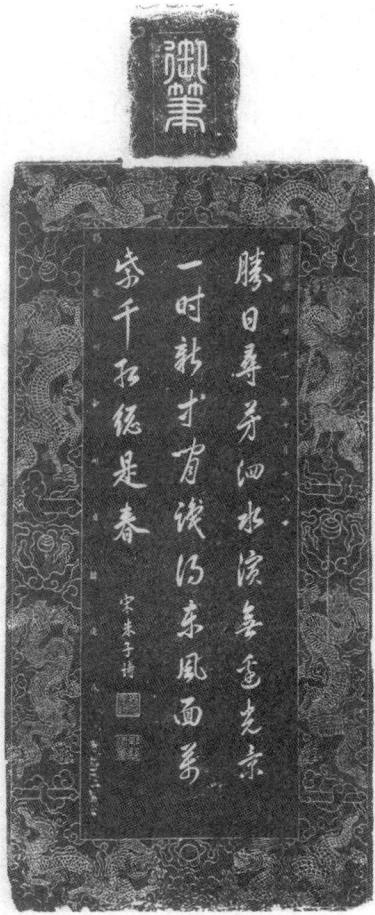

康熙书朱熹诗

《伊洛渊源录》自觉而强烈的道统意识，对后世道统观的树立产生了重大的影响，《宋史·道学传》的编撰即多以此书为根据。明清两代，直接承《伊洛渊源录》书名、体例的续作，有谢铎《伊洛渊源续录》、宋端仪《考亭渊源录》、张伯行《伊洛渊源续录》、张夏《洛闽源流录》等。

三、濂洛关闽

淳熙二年（1175），朱子四十六岁，与吕东莱先生一起合编《近思录》，掇取北宋四子周敦颐、张载、二程著作,体现了"濂洛关闽"的思想谱系。

淳熙六年(1179),朱子五十岁,知南康军,立濂溪祠,以二程配。朱子作《濂溪先生画像赞》,又作《奉安濂溪先生祠文》:"惟先生道学渊懿,得传于天,上继孔、颜,下启程氏,使当世学者得见圣贤,千载之上,如闻其声,如睹其容,授受服行,措诸事业,传诸永久而不失其正。功烈之盛,盖自孟氏以来未始有也。"

朱子又作《濂溪先生祝文》云:"於皇道体,沕穆无穷。羲农既远,孔孟为宗。秦汉以还,名崇实否。文字所传,糟粕而已。大贤起之,千载一逢。两程之绪,自我周翁。"

淳熙六年,江西隆兴府建濂溪祠。朱子作《隆兴府学濂溪先生祠记》云:"盖尝窃谓先生之言,其高极乎无极太极之妙,而其实不离乎日用之间;其幽探乎阴阳五行造化之赜,而其实不离乎仁义礼智、刚柔善恶之际。其体用之一源,显微之无间。秦汉以下,诚未有臻斯理者。"

淳熙四年,江西江州重建濂溪书堂,朱子作《江州重建濂溪先生书堂记》云:濂溪先生"不由师传,默契道体,建《图》属《书》,根极领要。当时见而知之有程氏者,遂扩大而推明之,使夫天理之微,人伦之著,事物之众,鬼神之幽,莫不洞然毕贯于一。而周公、孔子、孟氏之传,焕然复明于当世"。

朱熹与吕祖谦掇取北宋四子周敦颐、张载、二程著作编纂而成《近思录》一书,以周濂溪、二程为孔、孟正传,周濂溪契合圣道,二程承续其思想,而又有所发明,遂使儒学再兴。

淳祐元年(1241)正月十五日,宋理宗视太学,手诏以周濂溪、张横渠、二程及朱子从祀孔庙。曰:"朕惟孔子之道,自孟轲后不得其传,至我朝,周敦颐、程颢、程颐、张载,真见力践,深探圣域,千载绝学,始有指归。中兴以来,又得朱熹,精思明辨,折衷会融,使《中庸》《大学》《语》《孟》之书,本末洞彻,孔子之道,益以大明于世。朕每读五臣论著,启沃良多,今视学有日,宜令学官列诸从祀,以副朕崇奖儒先之意。"表明了宋代官方对"濂洛关闽"正统性的认可。

清代张伯行《濂洛关闽书》选录周敦颐、程颢、程颐、张载、朱熹五人的著作,并为之作集解,以示诸儒之脉所在。其中周敦颐一卷,为《太极图说》《通书》;张载一卷,为《西铭》《正蒙》《理窟》《语类》;二程十卷,为《语录》;朱熹七卷,为《语类》等。

张伯行所作《濂洛关闽书序》谓濂、洛、关、闽传承相连,为儒学之正统,说道:"宋兴,而周子崛起南服,二程子倡道伊洛之间,张子笃志力行关中,学者与洛人并。迨至朱子讲学闽中，集诸儒之成，而其传益广。于是世之言学者，未有不溯统于濂、洛、关、闽，而以为邹鲁之道在是，即唐虞三代之道在是也。"

朱子墨迹

第二节　名篇诵读

《中庸章句序》(节选)

朱　子

《中庸》何为而作也？子思子忧道学之失其传而作也。盖自上古圣神继天立极，而道统之传有自来矣。其见于经，则"允执厥中"者，尧之所以授舜也；"人心惟危，道心惟微，惟精惟一，允执厥中"者，舜之所以授禹也。尧之一言，至矣尽矣，而舜复益之以三言者，则所以明夫尧之一言必如是而后可庶几也。

盖尝论之：心之虚灵知觉，一而已矣，而以为有人心、道心之异者，则以其或生于形气之私，或原于性命之正，而所以为知觉者不同，是以或危殆而不安，或微妙而难见耳。然人莫不有是形，故虽上智不能无人心，亦莫不有是性，故虽下愚不能无道心。二者杂于方寸之间，而不知所以治之，则危者愈危，微者愈微，而天理之公卒无以胜夫人欲之私矣。"精"则察夫二者之间而不杂也，"一"则守其本心之正而不离也。从事于斯，无少间断，必使道心常为一身之主，而人心每听命焉，则危者安、微者著，而动静云为，自无过不及之差矣。

夫尧、舜、禹，天下之大圣也。以天下相传，天下之大事也。以天下之大圣，行天下之大事，而其授受之际，丁宁告戒，不过如此。则天下之理，岂有以加于此哉？自是以来，圣圣相承：若成汤、文、武之为君，皋陶、伊、傅、周、召之为臣，既皆以此而接夫道统之传，若吾夫子，则虽不得其位，而所以继往圣、开来学，其功反有贤于尧、舜者。然当是时，见而知之者，惟颜氏、曾氏之传得其宗。及曾氏之再传，而复得夫子之孙子思，则去圣远，而异端起矣。子思惧夫愈久而愈失其真也，于是推本尧、舜以来相传之意，质以平日所闻父、师之言，更互演绎，作为此书，以诏后之学者。盖其忧之也深，故其言之也切；其虑之也远，故其说之也详。其曰"天命""率性"，则道心之谓也；其曰"择善固执"，则精一之谓也；其曰"君子时中"，则执中之谓也。世之相后千有余年，而其言之不异，如合符节。历选前圣之书，所以提挈纲维，开示蕴奥，未有若是之明且尽者也。自是而又再传，以得孟氏为能推明是书，以承先圣之统，及其没，而遂失其传焉，则吾道之所寄不越乎言语文字之间。而异端之说日新月盛，以至于老佛之徒出，则弥近理而大乱真矣。然而尚幸此书之不泯，故程夫子兄弟者出，得有所考，以续夫千载不传之绪；得有所据，以斥夫二家似是之非。盖子思之功于是为大，而微程夫子，则亦莫能因其语而得其心也。

【点评】

《书经·大禹谟》说："人心惟危，道心惟微，惟精惟一，允执厥中。"这十六字，古人称之为尧、舜、禹"三圣心传"。这四句话所表达的含义，实可视为古人对"心性之学"和"理学"、"道学"所下的一个定义，亦即中国哲学开端的标志。

朱子《中庸章句序》承接四句十六字而来，并对"三圣心传"作了最早的系统阐释。

朱子墨迹

第八讲

第一节　濂溪先生的廉洁故事

一、廉洁的一生

周濂溪的家庭是宋代典型的官僚知识分子家庭，他的父亲周辅成出身进士，官至贺州桂岭县令；舅父郑向是北宋初年的著名史学家，官至龙图阁直学士。周濂溪少年时在家乡随父母读书，山清水秀的湖湘山水启发了他对宇宙自然和人文世界奥秘的领悟。自然山水的清新氛围和传统儒家经世济民的人文价值理想，共同构成了周濂溪廉洁思想的源头。

周濂溪十五岁时，因父亲去世，他和母亲一起从家乡移居当时的首都开封，投奔在朝廷为官的舅舅郑向。二十岁时，由于郑向的推荐，周濂溪开始步入仕途。

周濂溪为官有清廉正直之称，在江西、湖南、四川、广东等地任职时，曾多次平反冤狱，受到当地人民的称颂。周濂溪一生所担任的官职大都与刑狱、司法有关，他也以严谨认真的态度出色地完成了自己的使命。二十五岁时，他出任洪州分宁县主簿，上任伊始，就办理了一起久拖未决的疑难案件，被当地百姓称叹为"老吏不如"。二十九岁时，周濂溪任南安军司理参军，在审查案件时发现了一起冤案，他的上司转运使王逵坚持要将当事人置之死地，周濂溪为此愤然辞官，并说出了一句震撼人心的话："杀人以媚人，吾不为也。"王逵为周濂溪不顾自身安危的道德正义感所折服，主动放弃了自己的成见，使这起案件得到了公正处理。由于周濂溪为官公正廉明，很快就声名鹊起，在当时的士大夫群体中享有很高的声誉。北宋著名的政治家赵忭称赞他为"天下士"，宰相吕公著则向朝廷推荐他"操行清修，才术通敏，凡所临莅，皆有治声"。宋神宗熙宁元年，在赵忭、吕公著等朝廷重臣的联合推荐下，周濂溪出任广南东路转运判官，后擢升为提点广南东路刑狱。尽管年老体衰，周濂溪依然忠于职守，尽心职事，"以洗冤泽物为己任"，耐心细致，一丝不苟，深得当地百姓的尊敬，"故深罪者俱无憾"。

周濂溪一生为官，清廉爱民，在当时享有崇高的声誉。北宋著名文学家黄庭坚在《濂溪词并序》中评价他说："不卑小官，职思其忧。论法常欲与民决讼，得情而不喜。其为小吏，在江湖郡县，盖十五年，所至辄可传。"在北宋知名文人中，周濂溪的官位并不高，但他"不卑小官"，不计较自己的名位，而是志在"洗冤泽物"，为百姓谋取最大的利益，这在中国古代的官吏中是难能可贵的，可谓"廉吏"之典范。

卷大任书《爱莲说》（局部）

二、洗冤泽物

宋仁宗康定元年（1040），周濂溪经过三年的"丁忧守制"，服除授官，但没有回到京城任原来的"试将作监主簿"，而是被吏部调任洪州分宁县主簿。洪州分宁

道光《永州府志》中的濂溪风光

县在今江西南昌，主簿则是县令属下掌管文书的佐吏。庆历四年（1044），由于部使者的推荐，他调任南安军司理参军，主管刑狱。

周濂溪虽然初入仕途，但办事干练，风骨凛然。在洪州和南安时期，有两件事极为著名。

一是"辨分宁不决之狱"。张伯行《周敦颐年谱》记其事曰："庆历元年辛巳，先生年二十五，始莅分宁。时有狱久不决，先生一讯立辨。邑人惊诧，曰：'老吏不如也。'"

这表明周濂溪绝非腐儒书生，而是有着极强的办事能力，所以蒲宗孟的《墓碣铭》称他"屠奸剪弊，如快刀健斧，落手无留"，对他这种明快的作风极为赞赏。

另一件事则是"争南安非辜之囚"。年谱记其事曰："庆历五年乙酉，先生年二十九。南安狱有囚，法不当死，转运使王逵素苛，欲峻治之，众莫敢抗，先生独力争。不听，乃置手版，取告身，委之而去，曰：'如此尚可仕乎？杀人以媚人，吾不为也！'王逵感悟，贷囚死而贤先生，且荐于朝。"

王逵是北宋著名的酷吏，而转运使实为地方上的最高长官，周濂溪以司理参军的微官，敢于与之抗争，是需要一些勇气的。这件事除了反映出周濂溪过人的胆识之外，也显示出他作为儒家知识分子的高度道德意识。"杀人以媚人，吾不为也"这句话有着振聋发聩的力量，它既包含了传统儒家知识分子对个人生命价值的尊重，也有对权势的反抗和对弱者的怜悯，这表明周濂溪的确是以其生命践行儒学信念的真正儒者。

南宋学者蔡抗在《广东宪司先生祠记》中对这两件事有很好的总结，他说："夫子(周濂溪)辨分宁不决之狱，争南安非辜之囚，所至务以洗冤泽物为己任。至于详刑广东，则仁流益远矣！"

周濂溪一生，由早年的南安司理参军，到晚年的提点广南东路刑狱，虽然一直从事刑狱工作，但总是贯彻着儒家的"仁恕"之心，"洗冤泽物"这四个字，可以说是他一生事业的定评。

周木《濂溪周元公全集》中的周濂溪像

三、奉养至廉

宋仁宗至和元年(1054)，由于周濂溪治理郴县和桂阳政绩斐然，得到了当道诸公的推荐，改任"大理寺丞知洪州南昌县"，"大理寺丞"是个虚衔，但表示周濂溪已经进入"京朝官"的行列，所以这在周濂溪的仕宦生涯中是一次比较重要的升迁。周濂溪初到江西时曾任洪州分宁县主簿，因此周濂溪第二次来到洪州时，其治下的南昌百姓对其有着深刻的印象。年谱记载："南昌人见先生来，喜曰：'是初仕分宁即能辨疑狱者，吾属得所诉矣。'于是更相告诫：'勿违教命。不惟以得罪为忧，又以污善政为耻。'"

周濂溪能辨分宁之疑狱，说明他有吏才，办事能力很强；他宁愿弃官不做，也不愿奉迎上司"杀人以媚人"，说明他是一个有良知的儒者。

其实就周濂溪本人的思想来看，他除了强调"礼乐"的教化作用以外，也主张以"刑治"补充"礼乐"的不足，"刑治"和"礼乐"是一体的两面，《通书》中明确指出："圣人之法天，以政养万民，肃之以刑。民之盛也，欲动情盛，利害相攻，不止则贼灭无伦焉，故得刑以治。"何况周濂溪的打击对象是"富家大姓，黠胥恶少"，这对于无权无势的普通平民来说应该是有利的。所以潘兴嗣说周濂溪治理南昌时，"精密严恕，务尽道理，民至今思之"。这说明周濂溪在南昌的治绩是得到了当地百姓的认可的。

周濂溪在任南昌知县的第一年，也就是仁宗至和元年（1054），曾经生了一场大病，几乎死去，他的好友潘兴嗣赶来探视，并准备为他料理后事，见他行李萧然，家无余财，不禁为之叹服。潘兴嗣后来在《濂溪先生墓志铭》中回忆此事说："君奉养至廉，所得俸禄，分给宗族，其余以待宾客，不知者以为好名，君处之裕如也。在南昌时得疾暴卒，更一日一夜始苏。视其家，服御之物，止一敝箧，钱不满数百，人莫不叹服，此予之亲见也。"

周濂溪的人生志向是"志伊尹之所志，学颜子之所学"，他在《通书》中指出，颜子之所以能安于陋巷之贫，是因为"天地间至贵至爱者"，并不是凡俗所艳羡的富贵，而是道德。当人有了道德追求之后，就能视富贵、贫贱为一，不为外境所动。从周濂溪的行为来看，他确实是以生命践行自己信念的真诚儒者，无愧于"有宋理学开山第一人"的称号。

四、贪风顿息

宋神宗熙宁二年（1069），周濂溪来到广南端州上任。熙宁三年（1070），周濂溪又升迁为虞部郎中，提点广南东路刑狱。这是一个很重要的职务，负责整个一路的刑狱工作，并有监察当地官员的责任。周濂溪上任后，于熙宁四年（1071）对他治下的整个广南路辖区进行了巡视，《年谱》称"先生尽心职事，务在矜恕，以洗冤泽物为己任，虽荒崖绝岛、瘴厉之乡，皆必缓视徐按，不惮劳瘁，故深罪者皆无憾"。

周濂溪在广南还革除了一项弊端，为当地老百姓去掉了一个沉重的负担。广南路的端州以出产端砚而闻名，唐代诗人李贺就有诗赞誉说："端州石工巧如神，踏天磨刀割紫云。"北宋时，端砚被列为贡品，一些地方官员更是巧取豪夺，以之作为结交权贵的礼物。如《宋史·包拯传》记载："端土产砚，前守缘贡，率取数十倍以遗权贵。"包拯在任端州知州时曾有意识地裁抑了这项弊政，不允许地方官员在贡品以外再向当地百姓有所需索，包拯本人以身作则，在任满之后没有带走一块砚台。但包拯并没有就此订立一项长期有效的制度，因此，在周濂溪任提点广南东路刑狱时，这项恶政又死灰复燃了。当时的端州知州杜谘，与民争利，垄断了端砚的开采和生产，当地人民对他非常痛恨，给他取了一个"杜万石"的外号。周濂溪得知后，上奏朝廷，颁布了一项禁令：凡是在端州地方任职的官员，买砚台不能超过两枚。这样就以制度的形式遏止了贪官污吏对端砚的掠夺，大大减轻了当地人民的负担。《年谱》说周濂溪革除了这一弊政后，当地为之"贪风顿息"，说明这一措施取得了极为明显的效果。

周濂溪作为一个儒家知识分子，有济世安民之志。他的为官，据后人的评价，有这么三个特点：一是"不卑小官"，不计较权位的高低；二是"政事精绝"，尽心尽责地做好每一件政务、政事；三是"以洗冤择物为己任"，将伸张民众的权益作为自己的责任。周濂溪为此不惜触犯上司、抵制同僚，甚至使自己落到了一贫如洗的地步。周濂溪之所以能这样做，是因为深厚的儒学修养所产生的道德勇气。作为宋明理学的开创者，他清楚地意识到，所谓"富贵"的含义，是"道德有于身"，而非世俗的财富和权位。周濂溪的《通书》，对儒家知识分子的道德修养、精神境界有清晰的阐述，他的政治生活则是对这种道德哲学的实践，二者是一体性的。因此也可以说，深厚的儒学修养、高远的精神境界，是濂溪之"廉"的思想基础。

周濂溪创始的"宋明理学"，始终强调道德修养的重要性，实际上也是针对历史变迁后的平民社会而提出的理论形态。在这种时代风气、文化环境的熏染下，一大批廉洁自律的官员得以产生。这是周濂溪之"廉"的社会基础。

周濂溪之"廉"对我们今天的社会文明建设，依然有着重要的启迪意义。

日本汉文读本中的《爱莲说》

元公周先生濂溪集卷之六

遺文
說二篇

愛蓮說

水陸草木之花可愛者甚蕃晉陶淵明獨愛
菊自李唐來世人盛愛牡丹予獨愛蓮之出
淤泥而不染濯清漣而不妖中通外直不蔓
不枝香遠益清亭亭淨植可遠觀不可褻玩
焉予謂菊花之隱逸者也牡丹花之富貴者
也蓮花之君子者也噫菊之愛陶後鮮有聞
蓮之愛同予者何人牡丹之愛宜乎眾矣
春陵周惇實撰四明沈希顏書太原王
博篆額嘉祐八年五月十五日江東錢
拓上石
附晦菴書賞說後右愛蓮說一篇濂溪先生
之所作也先生嘗以愛蓮名其居之堂而

宋版《爱莲说》书影

第二节　名篇诵读

《爱莲说》

周濂溪

水陆草木之花，可爱者甚蕃。晋陶渊明独爱菊。自李唐来，世人甚爱牡丹。予独爱莲之出淤泥而不染，濯清涟而不妖，中通外直，不蔓不枝，香远益清，亭亭净植，可远观而不可亵玩焉。

予谓：菊，花之隐逸者也；牡丹，花之富贵者也；莲，花之君子者也。

噫！菊之爱，陶后鲜有闻。莲之爱，同予者何人？牡丹之爱，宜乎众矣！

日本汉文文选中的《爱莲说》

【点评】

嘉祐八年（1063），濂溪先生在江西虔州，行县至雩都，邀虔州同僚钱拓（钱建侯）、雩都知县沈希颜（沈幾圣）同游罗岩，五月十五日，作《爱莲说》刻石，并题名云："春陵周惇实撰，四明沈希颜书，太原王搏篆额，嘉祐八年五月十五日，江东钱拓上石。"

元代《古文真宝》最早收录《爱莲说》。清代郑之侨《爱莲说辨》称，《爱莲说》"塾师童子辈传诵者多"。1950 年湖南编纂出版的《解放文选》内有《爱莲说》的全文，可能是新中国成立后最早选入《爱莲说》的课本。今日《爱莲说》仍被选入海峡两岸语文、国文课本。

《爱莲说》这篇 119 字的小品文，不仅说莲，而且说菊说牡丹，不仅说宋，而且说晋说唐，极尽概括，字字精练。其中说莲（别称荷花），接连抒写出三句警语，有一波三折、一唱三叹的气韵。"说"之文体，大抵以景物说义理，此文寄寓君子之志，尤见得理学一派正大气象。

第一节 《濂溪集》和《濂溪志》

周濂溪的作品很少，自著文字并不丰富。关于其作品的辑集问世，南宋初时便有将周氏著述单刻行世或汇编成集者。周濂溪著述最早行世者应为《通书》单行本，之后则为《太极图说》《通书》合订本，在图书分类上属于子部著作。

由于周濂溪著述篇幅较小，故随后编刊周子著述，往往将周子《太极图说》、《通书》及其诗文，后人对周子著述之阐述，周子家谱、年谱、传录，以及历刻序文等凡有关濂溪的文献汇编于一起以成专集，称为《濂溪集》。历代《濂溪集》的主要内容依次为《家谱》、《年谱》、《太极图》、《太极图说》、《通书》、遗文、遗事、纪咏诗文。《濂溪集》在图书分类上属于集部著作。

明代以来开始有《濂溪志》的汇编和刊刻。《濂溪志》收录濂溪先生的所有作品以及后人为纪念和景仰濂溪先生所作的各种体裁的作品。主要内容包括濂溪的作品、传、表、族谱、世系、祠堂、书院，以及后世学者论断、文人吟咏之作。《濂溪志》是类似地方志的一种专志，在图书分类上属于史部著作。

一、《濂溪集》

宋代开始有周濂溪著述《濂溪集》的汇编和刊刻，刊刻地多为周子生活地，如江西；或籍贯地，即道州。有所谓"舂陵本""零陵本""九江本""长沙本"等。最初有《濂溪集》七卷，南宋陈振孙《直斋书录解题》有记载。其后又有南宋淳熙十

太極總論

太極圖舊本極荷垂示然其意義終未能曉

如陰靜在上而陽動在下黑中有白而白

中無黑及五行相生先後次序皆所未明

太極之旨周子立象於前爲說於後爲互相發

明平正洞達絕無毫髮可疑而舊傳圖說

皆有繆誤幸其失於此者猶或有存於彼

是以向來得以參互考證改而正之凡所

更改皆有據依非出於己意之私也 舊本圖子

既差而說中靜而生陰靜下多一極字若

亦以圖及上下文意考正而削之矣

如所論必以舊圖爲據而曲爲之說意則

巧矣然既以第一圈爲陰靜第二圈爲陽

元公周先生濂溪集卷之二

遺書

附諸儒太極類說

晦菴文集并語錄答問

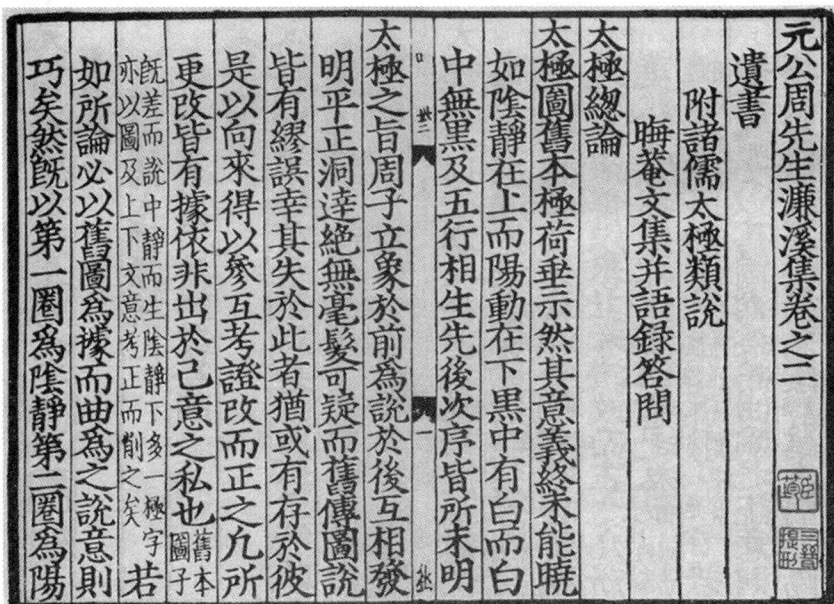

南宋刻本《元公周先生濂溪集》

六年（1189）道州知州叶重开刻本《濂溪集》七卷。又有南宋咸淳初道州知州萧一致刻本《濂溪先生大成集》七卷。又有南宋绍定元年（1228）进士易统江西萍乡刻本《濂溪先生大全集》七卷。但均已不见藏本。

现存的历代《濂溪集》，大约有20种：

1. 宋刊本《元公周先生濂溪集》十二卷，藏存国家图书馆，《北京图书馆古籍珍本丛刊》《宋集珍本丛刊》《中华再造善本》影印。

2. 宋刊本《濂溪先生集》一册残，不分卷，藏存国家图书馆。

3. 明弘治五年（1492）《濂溪周元公全集》十三卷，琴川周木辑刻本。

4. 明嘉靖十四年（1535）《濂溪集》六卷，九江府同知黄敏才刻本。

5. 明嘉靖二十三年（1544）《宋濂溪周元公先生集》三卷，道州知州王会濂溪书院刻本。

6. 明嘉靖三十七年（1548）《濂溪集》六卷，九江关督丁永成据黄敏才本重刻本。

7. 明万历三年（1575）《宋濂溪周元公先生集》十卷，永州知府王俸刻本。有万历二年蒋春生、黄廷聘、吕藋三序，崔惟植《刻宋濂溪周元公先生集跋》，万历三年丁懋儒序。

8. 明万历二十七年(1599)《宋濂溪周元公先生集》十卷，汝州知州刘觐文二程书院据王俸本重刻本。

9. 明万历三十四年(1606)《周子全书》七卷，徐必达《周张两先生全书》合刻本。

10. 明万历四十年(1612)《周子全书》七卷，成都顾造据徐必达重刻本。

11. 明万历四十二年(1614)《宋濂溪周元公先生集》十卷，吴郡十七世孙周与爵重辑，有万历四十四年丙辰徐可行、周京序，周与爵《汇刻元公世系遗芳集凡例》。

12. 明天启三年(1623)《宋濂溪周元公先生集》，永州推官黄克俭据王俸本及刘觐文本重刻本。

13. 明天启四年(1624)《宋濂溪周元公先生集》十三卷，道州知州李嵊慈刻本。

14. 清康熙三十年(1691)《宋濂溪周元公先生集》十卷，吴郡周沈珂据周与爵刻本重刊。后有《周元公世系遗芳集》五卷。

15. 清康熙四十七年(1708)《周濂溪先生全集》十三卷，张伯行正谊堂刊本。有清同治五年(1866)福州正谊堂重刊本、光绪六年(1880)公善堂重刊本。

16. 清雍正六年(1728)《周元公集》十卷，吴郡周有士据周沈珂本修补重刻本。

17. 清乾隆二十一年(1756)《周子全书》二十二卷，董榕刻本。有光绪二十九年(1903)道州周监爱莲堂重刻、民国间湖南道县新教育馆重刻本。

18. 清乾隆五十二年(1787)《周元公集》十卷，《四库全书》抄本，据朱筠家藏周沈珂本抄写。

19. 清道光二十七年(1847)《周子全书》二十二卷，首二卷，末一卷，新化邓显鹤邓氏邵州濂溪精舍景濂堂刊刻。

20 清光绪十三年(1887)《周子全书》四卷，陕西三原贺氏传经堂《西京清麓丛书》刻本。

《濂溪集》的编纂刊刻者多为政府官员，体现了官方对濂溪学的推崇。

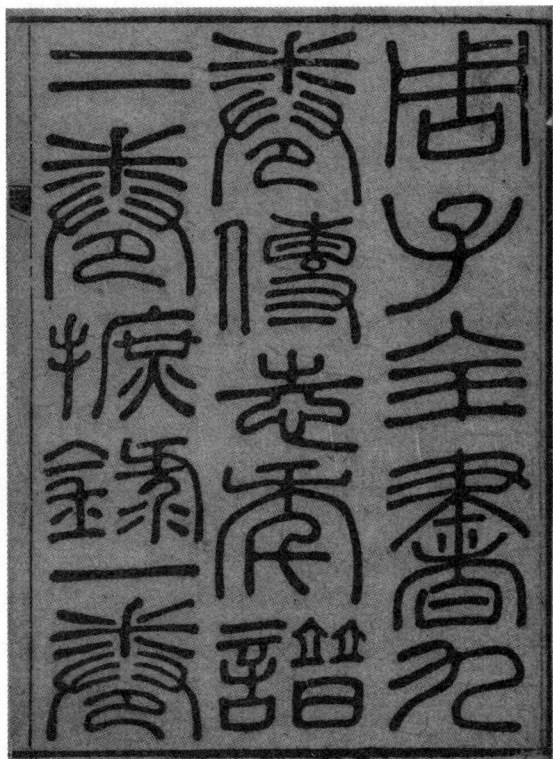

邓显鹤《周子全书》，道光刻本

二、《濂溪志》

现存的历代《濂溪志》，有大约 10 种：

1. 明万历二十一年（1593）永明知县胥从化编《濂溪志》十卷。

2. 明万历三十七年（1609）道州知州林学闵编《濂溪志》四卷。

3. 明万历四十四年（1616）周氏后裔周与爵编《周元公世系遗芳集》五卷，有康熙三十年（1691）周沈珂、周之翰重刊本。

4. 明天启四年（1624）道州知州李嵊慈编《宋濂溪周元公先生集》十三卷（版心题《濂溪志》）。

5. 清康熙二十二年（1683）永明教谕徐尊显编《濂溪书院惠政录》二卷，《田丘册》一卷，嘉庆九年（1804）山长周兆龙重修。

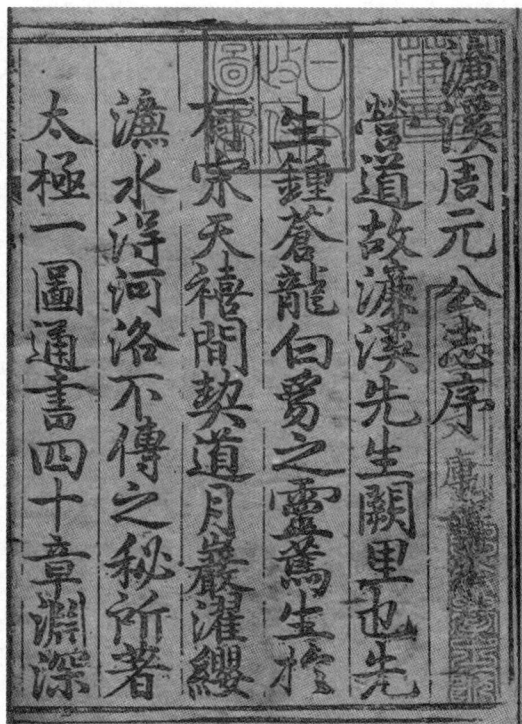

李嵊慈《濂溪志》，天启刻本

6.清康熙二十四年(1685)道州知州吴大镕编《道国元公濂溪周夫子志》十五卷，康熙二十四年许魁刻本。有光绪元年淦川周振文堂木活字本。

7.清道光二年(1822)周熏懋编《重修西湖周元公祠志》四卷。

8.清道光十九年(1839)周诰《濂溪志》七卷，《遗芳集》二卷，爱莲堂刻本，有道光木活字本。

9.清光绪九年(1883)彭玉麟编《希贤录》二卷。

10.民国十八年(1929)周凤岐编《周元公祠志略》十卷。

《濂溪志》多由地方官员和周氏后裔编纂刊刻，体现了后裔对濂溪先生的敬仰和怀念。

编纂刊刻《濂溪集》和《濂溪志》，都是继承、推崇、纪念濂溪思想的文化盛举。

道光爱莲堂刻本《濂溪志》牌记

三、现代版本和研究著作

1. 陈克明整理《周敦颐集》，北京：中华书局 1990 年版

2. 周文英主编《周敦颐全书》，南昌：江西教育出版社 1993 年版

3. 湖南省濂溪学研究会整理《元公周先生濂溪集》，长沙：岳麓书社 2006 年版

4. 湖南省濂溪学研究会整理《周敦颐集》，《湖湘文库》本，长沙：岳麓书社 2007 年版

5. 王晚霞校注《濂溪志（八种汇编）》，长沙：湖南大学出版社 2013 年版

6. 梁绍辉《太极图说通书义解》，海口：海南出版社/三环出版社 1991 年版

7. 梁绍辉《周敦颐评传》，南京：南京大学出版社 1994 年版

8.周忠生《道学宗师周敦颐》，南昌：百花洲文艺出版社 1994 年版

9.周建华《周敦颐南赣理学和文学研究》，北京：中国文联出版社 2003 年版

10.杨柱才《道学宗主——周敦颐思想研究》，北京：人民出版社 2004 年版

11.吴兴勇、卢基亚诺夫《周敦颐的著作及其研究》，湘潭：湘潭大学出版社 2008 年版

12.周建刚《周敦颐研究著作述要》，长沙：湖南大学出版社 2009 年版

13.湖南省文物考古研究所编《濂溪故里：考古学与人类学视野中的古村落》，北京：科学出版社 2011 年版

14.王立新《理学开山周敦颐》，长沙：岳麓书社 2012 年版

15.袁宏《周敦颐理学美学思想研究》，济南：山东大学出版社 2014 年版

16.钱穆《朱子新学案》（附濂溪学案），台北：三民书局 1971 年版

17.陈郁夫《世界哲学家丛书·周敦颐》，台北：东大图书公司 1990 年版

18.毛宽伟《周濂溪学说发微》，台北：文史哲出版社 2002 年版

19.周学武《周濂溪太极图说考辨》，台北：学海出版社 1981 年版

20.张京华、陈微《道州月岩摩崖石刻》，天津：天津人民出版社 2017 年版

21.周建刚《周敦颐与宋明理学》，北京：中国社会科学出版社 2018 年版

22.王晚霞《濂溪志新编》，北京：中国社会科学出版社 2019 年版

23.张京华主编《周敦颐研究：周敦颐诞辰 1000 周年庆典国际学术研讨会论文集》，北京：中国社会科学出版社 2019 年版

第二节　名篇诵读

《濂溪先生周元公年表书后》

度　正

少时得明道、伊川之书读之，始知推尊先生。而先生仕吾乡时，已以文学行于当世。遂搜求其当世遗文石刻，不可得。又欲于架阁库讨其书判行事，而郡当两江之会，屡遭大水，无复存者。始仕遂宁，闻其乡前辈、故朝议大夫、知汉州傅耆曾从先生游，先生尝以《姤说》及《同人说》寄之。遂访求之，仅得其目录及《长

庆集》，载先生遗事颇详。久之，又得其手书、手谒二帖。其后过秭归得《秭归集》，之成都得李才元《书台集》，至嘉定得吕和叔《净德集》，来怀安又得蒲传正《清风集》，皆载先生遗事。至于其他私记小说及先生当时事者，皆纂而录之。一日，与今夔路运司帐干杨齐贤相会成都。时杨方草先生《年谱》，且见属以补其阙，刊其误。杨，先生之乡士也，操行甚高，记览亦极详博，意其所考订必已详审。退而阅之，其载先生来吾乡岁月颇有差舛，甚者以周恭叔事为先生事，又以程师孟送行诗为赵清献诗。于是屡欲执笔，未暇也。及来重庆，官事稍闲，遂以平日之所闻者而为此编。然其所载于先生入蜀本末为最详，其他亦不能保其无遗误。

　　正往时尝有志遍游先生所游之处，以访其遗言遗行。今自以衰晚，莫能遂其初志。有志之士，倘能垂意搜罗，补而修之，使无遗缺，实区区之志也。呜呼！天之未丧斯文也，故其绝千有余年而复续。续之未久，复又晦昧，至近世而复灿然大明。小人之用事者，自以为不利于己，尽力以抑绝之。赖天子圣明，大明黜陟，而斯文复兴，如日月之丽天，人皆仰之，有愿学之志。假令百世之下，或有沮毁之者，其何伤于日月乎？其何伤于日月乎？

【点评】

　　度正，字周卿，宋四川合州人。绍熙元年进士，历官资州司户参军、遂宁府司户参军、利州教授、国子监丞、军器少监、成都府教授、华阳县令、嘉定通判、重庆府知府、礼部侍郎兼同修国史、实录院同修撰。少从朱熹学，著有《性善堂文集》，编纂《濂溪先生周元公年表》。

太極圖說　　周　敦頤

無極而太極太極動而生陽動極而靜靜而生陰靜極

復動一動一靜互為其根分陰分陽兩儀立焉陽變陰

合而生水火木金土五氣順布四時行焉五行一陰陽

也陰陽一太極也太極本無極也五行之生也各一其

性無極之真二五之精妙合而凝乾道成男坤道成女

二氣交感化生萬物萬物生生而變化無窮焉惟人也

得其秀而最靈形既生矣神發知矣五性感動而善惡

分萬事出矣聖人定之以中正仁義而主靜立人極焉

故聖人與天地合其德日月合其

明四時合其序鬼神合其吉凶君子修之吉小人悖之

主靜故无欲立人極焉故聖人與天地合其德日月合

凶故曰立天之道曰陰與陽立地之道曰柔與剛立人

之道曰仁與義又曰原始反終故知死生之說大哉易

也斯其至矣

宋麻沙刘将仕宅刻本《皇朝文鉴》中的《太极图说》

第一节　濂溪先生的石刻真迹

濂溪先生手书石刻真迹，已知共计十七通。

江西题刻三处四通：修水清水岩二通，九江东林寺一通，雩都罗岩一通。题名"周惇实"。

湖南永州题刻五处八通：朝阳岩一通，澹岩三通，华严岩一通，含晖岩一通，九龙岩二通。题名"周惇颐"。

广东题刻五处五通：连州大云岩一通，德庆三洲岩一通，高要阳春岩一通，肇庆星岩一通。题名"周惇颐"。又连州巾山榜书一通。

探寻濂溪先生手书石刻真迹，具有三方面的意义：

第一，纪念的意义。据目前所见，濂溪先生的书法以治平三年零陵朝阳岩题刻保存最为完好；以治平三年零陵澹岩题刻书写最为严整。这些题刻出于手泽，存以真迹，想像先哲，可凭可赖。

第二，书法的意义。濂溪先生书法作颜体，据存世题刻所见，无论同游与否，皆为濂溪先生亲笔。清代金石家王昶称"周子有书名"，盖谓濂溪先生有工于书法之名。

第三，文献的意义。由濂溪先生手书石刻，可以考知其履历与其名号的变化。

一、治平三年（1066）陈藻、周惇颐、项随、梁宏零陵澹岩题刻

尚书都官郎中、知军州事陈藻君章，尚书虞部员外郎、通判军州事周惇颐茂叔，郡从事项随持正，零陵令梁宏巨卿，同游。治平三年四月六日题。

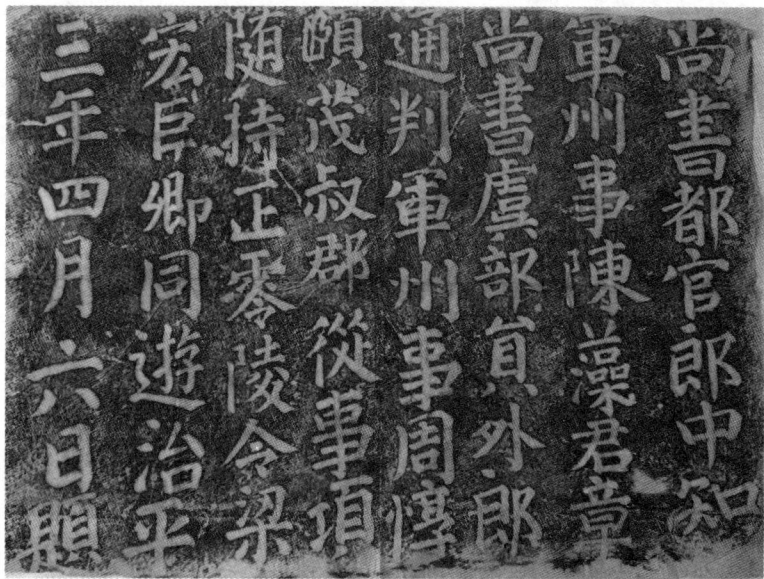

周濂溪澹岩石刻

清王昶《金石萃编》、清宗霈《零志补零》卷下、清宗绩辰《留云庵金石审》、清宗绩辰道光《永州府志·金石略》、清刘沛光绪《零陵县志·艺文·金石》著录。

《金石萃编》云："横广四尺六寸，高三尺四寸，八行，行七字，正书。"

《留云庵金石审》云："大真凝重，字完洁，无剥蚀。山谷碑后出，乃已蚤泐。可谓闇而章者矣。"

宋刻《元公周先生濂溪集》、清邓显鹤编《周子全书》未收。

陈藻，字君章，时为永州知州。庆历中曾任郴州桂阳郡知军。

项随，字持正，浙江淳安人。时为永州推官。

项随有治平二年九月十四日与梁庚、梁宏等澹山岩题刻。同日又有"持正、子西、公亮、巨卿、毅甫、隐甫同游"题刻。又有治平三年四月六日与陈藻、周惇颐、梁宏澹山岩题刻。又有治平三年十二月与范子明、梁宏、董乾粹澹山岩题刻，

及治平四年三月十四日与鞠拯、周惇颐、刘璞、梁宏等澹山岩题刻。

梁宏，字巨卿，临江人。时以文林郎出任零陵知县。

除朝阳岩此刻外，梁宏在群玉山、澹山岩另有题刻八通，见《金石萃编》、《古泉山馆金石文编》、《八琼室金石补正》、道光《永州府志·金石略》、光绪《零陵县志·艺文·金石》、光绪《湖南通志·金石志》。

题刻今毁。湖南省濂溪学研究会藏存旧拓。北京大学图书馆藏存清拓。

二、治平三年（1066）程濬、鞠拯、周惇颐零陵朝阳岩题刻

荆湖南路提点刑狱公事、尚书职方郎中程濬治之，尚书虞部郎中、知军州事鞠拯道济，尚书比部员外郎、通判军州事周惇颐茂叔，治平三年十二月十二日同游永州朝阳洞。

周濂溪朝阳岩石刻

《金石萃编》、《零志补零》卷下、清道光《永州府志·金石略》、清光绪《零陵县志·艺文·金石》、清光绪《湖南通志·金石志》著录。

《金石萃编》卷一百三十四:"高三尺六寸,广一尺六寸,五行,行十四字,正书。"

清道光《永州府志》引《湘侨闻见偶记》:"周子题名在朝阳洞下西壁,在岩屋中,不虑风雨。特乞人栖其侧,爨烟熏灼,石色渐变,恐久将裂损耳。"

清光绪《道州志》卷十二《杂撰》:"永郡朝阳洞内左旁石上镌有'荆湖南路提点刑狱公事、尚书职方郎中程濬治之,尚书虞部郎中、知军州事鞠拯道济,尚书比部员外郎、通判军州事周敦颐茂叔,治平三年十二月十二日同游永州朝阳洞'六十八字,笔力古劲,疑即周子所书。"

程濬,字治之,四川眉山人。事迹详见宋吕陶《净德集》卷二十一《太中大夫武昌程公墓志铭》。时以尚书职方郎中本官,出任荆湖南路提点刑狱公事。

鞠拯,字道济,河南浚仪人。时为永州知州。朝阳岩另有鞠拯等题名二通,一题治平丁未,一题熙宁改元。

石刻今存。湖南省濂溪学研究会藏存旧拓。北京大学图书馆藏存清拓。

三、治平四年(1067)沈绅、鞠拯、周敦颐零陵华严岩题刻

荆湖南路转运判官沈绅公仪,尚书虞部郎中、知军州事鞠拯道济,尚书比部员外郎、通判军州事周惇颐茂叔,治平四年正月九日,同游永州华严岩。

清陆增祥《八琼室金石补正》、《零志补零》卷下、清道光《永州府志·金石略》、清光绪《零陵县志·艺文·金石》、清光绪《湖南通志·金石志》著录。

崔惟植、周与爵、周沈珂编《周元公集》和邓显鹤编《周子全书》收录。

沈绅,字公仪,会稽人,时任荆湖南路转运判官。

沈绅又有寒亭诗刻,隶书,今存。诗云:"元子始此来,大暑生冻骨。名亭阳崖角,高文犹仿佛。我行冰雪天,嚅语揖风物。银江走碧涨,九嶷抱云窟。它年名不磨,至者戒无忽。"署款:"沈绅公仪,治平四年十月甲子,作诗于寒亭山壁,晋陵蒋颖叔同游。"

又有治平四年正月澹岩题刻,治平四年正月二十七日浯溪题刻。

题刻今毁。北京大学图书馆藏存清拓。

周濂溪华严岩石刻

四、治平四年（1067）周惇颐、周立、周寿、周焘、周蕃零陵澹岩题刻

比部员外郎、通判永州军州事周惇颐，治平四年二月一日，沿牒归舂陵乡里展墓，三月十三日，回至澹山岩，将家人辈游。侄立，男寿、焘，侄孙蕃侍。

《金石萃编》、《零志补零》卷下、清道光《永州府志·金石略》、清光绪《零陵县志·艺文·金石》著录。邓显鹤编《周子全书》卷三收录。

《金石萃编》云："高二尺五寸，广二尺二寸，七行，行八字，正书。"

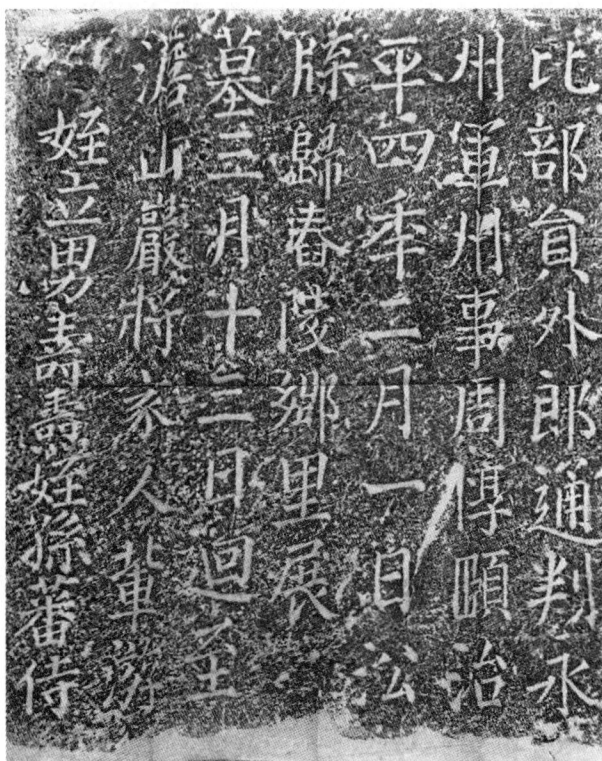

周濂溪澹岩石刻

王昶按语："周惇颐，《宋史·道学传》：字茂叔，道州营道人。《东都事略》作舂陵人。按舂陵见《后汉·光武纪》'舂陵节侯买'，注云：'舂陵，乡名，本属零陵，在今唐兴县北'。唐兴县名，武德四年所改，天宝初改延唐县，后唐天福中改延喜县，宋乾德初改宁远县，是舂陵本唐兴县之乡名，偶见于《光武纪》，其地本与营道为邻。观周子自题云'沿牒归舂陵乡里展墓'，可知其家在营道，先墓在舂陵。《传》著其贯，而《东都事略》则用其先墓所在之古乡名也。《传》又云：以任为分宁主簿，调南安军司理参军，移郴之桂阳，徙知南昌，历合州判官，通判虔州，熙宁初知郴州，为广东转运判官，以疾求知南康军，因家庐山莲花峰下，卒。此题凡三见，前治平三年题'尚书虞部员外郎、通判军州事'，后治平四年二次题'比部员外郎、通判永州军州事'，皆《传》所不载。又侍游者，有男焘、寿，侄立，侄孙蕃，而《传》只载男寿、焘，不及立、蕃，且但称寿官至宝文阁待制，不详事迹。《书谱》引《魏鹤山集》称：'《濂溪先生帖》，遂宁傅氏藏。'则周子有书名也。《书录解题》载《濂溪集》七卷，是有诗文著述也。而《传》皆不载。惟《东都事略》载其南安司理之后，有通判永州一语，较《史》稍详。《宋诗纪事》载寿字李老，一字符翁，元丰五年进士，初任吉州司户，次秀州知录，终司封郎中。《潋水志》载其《题金粟寺庵诗》，盖官秀州时作也。又元翁词翰之妙，前辈多称之，语见《朱子文集》。《纪事》又载焘字次元，元祐进士，为贵池令，官至宝文阁待制。《成都文类》载其《暑雪轩诗》，《咸淳临安志》载其《游天竺观潋水诗》，是尝至浙至蜀矣。凡此皆可广《史》所未备也。"

《湘侨闻见偶记》："昔见周子至永州后，与侄书，告以先公得赠谏议大夫，又深念先墓，札内询候二十七叔、三十一叔，诸叔下而问及于周三辈，盖佃丁之流。每札末必曰'好将息，好将息'，其情意肫笃周至，读之已有'光风霁月'气象，惜不能尽记也。"

清道光《永州府志·金石略》宗绩辰按语："案此刻周子书，较他刻独瘦劲。"

钱大昕《潜研堂金石文跋尾续》："右周茂叔题名，在永州澹山岩，其文凡七行五十四字。《宋史·道学传》叙元公历官颇详，独不及通判永州，读此可以补史之缺。史容注《山谷外集》云：濂溪二子，寿字季老，后改元翁，于熙宁五年黄裳榜登第，终司封员外郎。焘字通老，后改次元，于元祐三年李常宁榜登第，终徽猷阁待制。本传但云焘终宝文阁待制，而不及焘官位，亦为漏略。兹因题名而牵连及之。"

题刻今毁。北京大学图书馆藏存旧拓。

五、治平四年（1067）周惇颐、区有邻、陈赓、蒋瓘、欧阳丽道州含晖岩题刻

周惇颐、区有邻、陈赓、蒋瓘、欧阳丽，治平四年三月六日，同游道州含晖洞。

《八琼室金石补正》云："含晖洞题刻六段：在道州。周子题名：高一尺二寸五分，广一尺五寸，六行，行五字，字径一寸六分，正书。"

宋刻《元公周先生濂溪集》卷十收录，误题"澹山岩屙留题"。

宋刻《元公周先生濂溪集》有注："治平四年后蒋瓘仕至朝议大夫，区有邻仕至大理寺丞。"

邓显鹤编《周子全书》卷三收录。

区有邻，《八琼室金石补正》、清光绪《湖南通志·金石志》作"区□邻"。清康熙九年《永州府志》、清道光《永州府志》卷二下《名胜志下》、清光绪《道州志》卷一《山川》误作"同邻人"。

景定四年宋理宗题额"道州濂溪书院"，道州知州杨允恭谢表说："林壑一丘，治平之题墨犹在"，即指含晖岩题记。

清康熙九年《永州府志》卷二十载钱邦芑《含晖洞记》："入洞右折，厓口稍卑，俯身行十余步，忽大空厂，东南向开大穴如门，朝暾晃耀，满洞受光，'含晖'之名，殆谓是也。……斜壁镌有'周敦颐同邻人蒋瓘、陈赓、欧阳丽，治平四年三月六日同游道州含晖洞'二十八大字，乃知是亦濂溪先生游止地也。"

《留云庵金石审》云："周子含晖岩题名，未见，见黄如毂《道州方域志》。右刻二十八字未见。案汤璐《志》云：治平乙未，周元公通判永州，归展亲墓，□邻人并其二子同游，刻名厓石。省志以治平无乙未，当是丁未之误，今州志已刊正其谬。周子以二月一日归里，三月十三回至澹嵓，此云三月六日游是嵓，为时正合。容再拓其残字证之。"

陆增祥按语："右刻瞿氏、宗氏皆未之见，近始搜揭之，向来沿袭之讹可以订正矣。'邻'字乃'区'君之名，而州志以为'邻人'，并加'同'字，误矣。其所谓'归展亲墓，及二子同游'者，见于澹嵓题名，殆因是而以意述之耳。明钱邦芑记述此较详，惟陈赓、蒋瓘二人互倒，'区□邻'亦作'同邻人'，为不实也。"

宋刻《元公周先生濂溪集》卷首附度正《濂溪先生周元公年表》："治平四年丁未：先生时年五十一。先生素贫，初入京师，鬻其产以行，择留美田十余亩，畀周兴耕之，以洒扫其父郎中之墓。至是，自永州移文营道言之，因携二子归舂陵展墓。三月六日，与乡人蒋瓘数人同游含晖洞。八月，营道给吏文付周兴，从先生言也。"

龚维蕃《重建先生祠记》："嘉祐八年，先生自虔移倅永，有书与其族叔及诸兄云：'周兴来，知安乐，喜无尽。来春归乡，即遂拜侍。'寻移文营道县云：'有田若干，旧以私具为先莹守者资，族子勿预。'营道给凭文付周兴。其后先生归展墓，题名于含晖洞云：'周惇颐、区有邻、陈赓、蒋瓘、欧阳丽，治平四年二月十六日，同游道州含晖洞。'刻石于洞口。"

题刻明末清初尚存，今未发现。

六、治平四年（1067）鞠拯、周惇颐、项随、刘璞、梁宏、李茂宗、周均零陵澹岩题刻

周濂溪澹岩石刻

尚书比部郎中、知军州事鞠拯道济，尚书比部员外郎、通判军州事周惇颐茂叔，军事推官项随，前录事参军刘璞，零陵县令梁宏，司法参军李茂宗，县尉周均，治平四年三月十四日同游永州澹山岩。

《金石萃编》、《零志补零》卷下、清道光《永州府志·金石略》、清光绪《零陵县志·艺文·金石》、清光绪《湖南通志·金石志》著录。邓显鹤编《周子全书》卷三收录。

《金石萃编》云："高三尺三寸五分，广三尺一寸三分，八行，行十字，正书。"

清光绪《零陵县志》引旧补志："周子还故居必经是岩，往来其间，游题三度，皆岿然久存，是必有神物呵护也。"

邓显鹤编《周子全书》卷三按语："澹山岩题名，显鹤案：《潜研堂金石文跋尾》云：'右周茂叔题名，在永州澹山岩，其文凡七行五十四字。'今案《濂溪志》所载缺略太甚，今以拓本校之，实五十六字。《潜研堂》所云'可补史之缺'，不诬也。"又云："澹山岩重题名，显鹤案：先生澹山岩题名有二刻，先日从营道回永州，将家人辈偕游，次日鞠拯、项随诸人同来复偕游，均题名刻石，四年十三、十四两日事也。"

又邓显鹤纂道光《宝庆府志》卷二《大政纪二》："英宗治平四年，以周惇颐权知邵州。神宗熙宁元年正月，权知邵州周惇颐迁学于郭外邵水东。先生以永州通守来摄邵事，而迁其学，且属其友孔公延之记而刻焉。"邓显鹤按语："治平三年四月六日澹岩题名，书'尚书虞部员外郎、通判军州事周惇颐茂叔'，十二月十二日朝阳岩题名，书'尚书比部员外郎、通判军州事周惇颐茂叔'，四年正月九日华严岩题名、三月十三日澹山严题名皆同。濂溪先生权知邵州，《宋史》不书，而官工部员外郎并朱子《事状》亦不言，则朱子《事状》及澹山题名皆可补正史之缺。"

题刻今毁。北京大学图书馆藏存清拓。

七、治平四年（1067）周惇颐同家属游九龙岩题记

治平四年五月七日，自永倅往权邵守，同家属游。舂陵周惇颐记。

《八琼室金石补正》、明隆庆《永州府志》卷七、清道光《永州府志》卷十八中、清光绪《东安县志》卷八、清光绪《湖南通志》卷二百七十八著录。

《八琼室金石补正》云："九龙岩题刻四十一段：在东安芦洪砦。周子题名，高一尺四寸有余，广三寸，两行，行十二、十三字，字径一寸，正书。"

《留云庵金石审》："右刻在陶羽诗之左，正书，二行。盖行次促迫留题，不似诸岩之谨严也。"

度正《濂溪先生周元公年表》："治平四年五月七日，往权邵守，同家属，去永州百里，过洪陵寺，游九龙岩，题名刻石。"

宋刻《元公周先生濂溪集》及崔惟植、周与爵、周沈珂编《周元公集》未收。

石刻今存。北京大学图书馆存清拓。

周濂溪九龙岩石刻

八、熙宁元年(1068)周惇颐上石《永州九龙岩记》

《永州九龙岩记》

将仕郎、试秘书省校书郎、廉州军事判蒋忱撰。

儒林郎、行零陵县主簿张处厚书。

将仕郎、守零陵尉韩蒙亨篆额。

予尉清湘之二年，零陵令梁君宏书抵予，且夸大九起岩泉石之胜，属予为记。予为永人，尤嗜山水，而足未尝及所谓九龙岩者，疑其书辞之过实，方将走介以讯其是非。未几，又绘为图以相寄。予以事役，未暇留意于翰墨，而梁君已解去。

今年夏四月，予用广西帅辟，就移廉幕，东归永，欲纵观所谓九龙岩。会湘水涨，而岩阻大江，又不得遂其愿焉。及赴官至桂林，一日之间，并得零陵主簿张君处厚二书，皆以岩记为请，则予之文不可靳而不发于此时也。予始按图，考岩之所在。自州直北，百里而近，有寺曰洪陵寺，傍有山曰九龙山，岩乃在其下。山之上有池可以钓，山之下有井可以汲。翠峰欲活，峭壁如削，其间嵌空宽广，坐可容数十人。蔓有藤，围有松竹，皆见于图。予疑古有隐君子栖焉，不尔，造化乌乎设此，而久为荒闲无所用之地者耶？至于霜晴而石干，云蒸而雨滂，夏日火烈而岩风自清，冬雪满空而岩水不冰，此又非摹写所能至也。予始知予之不游为失，而叹兹岩之不遇也。凡零陵山水之着人耳目者尤多，若浯溪、朝阳洞、法华寺石门，最为卓然者，则元次山、柳子厚尝见于文字。有澹山岩者又殊绝，而二子且不到，晚有李西台诗焉。此其着人耳目，盖有所谓三子文章所及，而得耀于今，为奇观，好事者又藉以大其说。独兹岩之不得其传，可不重惜欤！开山者，浮图曰元喜也，治平始赐寺额曰寿圣院，改洪陵也。噫，岩寺之兴自景祐，历治平，余三十年方赐名额，继又得邑令佐渠渠于文记，岂非时乎？世传昔有九道士从岩而隐，此又非予所能考信也，姑迹其旧名而为之记云。

熙宁元年五月五日，新广南东路转运判官、朝奉郎、尚书驾部员外郎、前通判永州军州事、上骑都尉、赐绯鱼袋周惇颐上石。

汝南周甫刊。

《八琼室金石补正》、道光《永州府志》卷十八中、光绪《东安县志》卷八、光绪《湖南通志》卷二百七十八著录。

陆增祥云："高四尺五寸，广三尺三寸五分，正书，二十二行，行二十九字。"

《留云庵金石审》："右刻正书二十三行，笔法谨严，昔人未见。""周子本传：'熙宁改元，用赵抃、吕公著荐，为广南东路转运判官。'此刻于将去永州之时，题衔亦与史合。记为五月五日所作，考《濂溪志》又周子生日，嵓之遇合亦奇矣。"

蒋忧，字公亮，永州零陵人。

石刻未见。北京大学图书馆存清拓。

九、熙宁元年（1068）周惇颐、何延世连州大云岩题刻

转运判官、尚书驾部员外郎周惇颐茂叔，尚书屯田郎中、知军州事何延世懋之，熙宁元年十二月十六日同游。

大云岩又名大云山、大云洞。

宋刻《元公周先生濂溪集》卷六、邓显鹤编《周子全书》卷三收录。

清道光《广东通志》卷二百零七《金石略九》："周子题名：存。谨案：题名在连州大云洞。'惇颐'，史作'敦颐'，盖避光宗讳也。"

又见《永乐大典》卷之九千七百六十三《邑》。

清宣统《番禺县续志》卷三十三《金石志一》著录，并载许乃钊识语云："药洲为南汉刘氏遗址，宋熙宁中，周濂溪先生提刑广南，尝居焉。嘉定中，经略陈岘浚池筑堂，榜曰'景濂'，池中遍植白莲，当时士大夫觞咏于兹，故石多宋人题，而先生手迹独无所存，心窃疚焉。庚戌夏，余校士连州，既竣，游大云山，于洞中见题壁，楷书六行，凡四十二字，骨力开张，笔意峭折，在褚登善、柳谏议之间。犹未敢遽定为先生书。旁有一石横出，距是碑约丈余，题曰'赵与必、周梅叟、钱信、林得遇、冯开先、赵公埘、张子杓、赵彦金、赵悉夫、龚日千、陈逢午、张杞。梅叟，濂溪诸孙也。淳祐改元长至后四日，同观濂溪墨迹'云云，观此则知为先生书无疑矣。因揭得二本携归，命工重摹勒石，与翁大兴樌刻米书同嵌壁上，以志景仰。先生真书世不多见，不独为是园添墨缘已也。咸丰壬子冬十月，国子监祭酒、广东学政、钱塘后学许乃钊谨识。"

石刻今存。

欧广勇、伍庆禄《粤东金石略补注》"增补宋周敦颐题名"："现存连州市第六中学校内，保存尚好。"

曹腾騑、黄道钦主编《广东摩崖石刻》著录黑白照片。

清许乃钊有咸丰二年十月周惇颐大云山题名，重摹勒石，北京大学图书馆存旧拓。

广东药洲有模刻周濂溪大云山题名，翁方纲刻《爱莲说》、姚文田刻"濂溪遗址"。

十、熙宁元年（1068）周惇颐德庆三洲岩题刻

濂溪周惇颐茂叔，熙宁元年季冬二十六日游。

宋刻《元公周先生濂溪集》卷六、邓显鹤编《周子全书》卷三收录。

《金石萃编》卷一百三十七著录："周元公题名二段：正书，一在广东德庆州，一在广东高要县。'濂溪周惇颐茂叔，熙宁元年季冬二十六日游。''转运判官周

惇颐茂叔，熙宁二年正月七日游。军事推官谭允、高要县尉曾绪同至。'"（下引《菉竹堂稿》）

王昶按语："按《史传》，熙宁初惇颐知郴州，用抃及吕公著荐，为广东转运判官提点刑狱。此二段盖行部所至留题也。"

清道光《广东通志》、光绪《德庆州志》著录。

清道光《广东通志》卷一百零七《山川略八·肇庆府·高要县》："三洲岩在城东七十里，一名玉乳岩。……由洞至巅，古今题咏甚多。宋周敦颐题云：'濂溪周惇颐茂叔，熙宁元年戊申季冬二十六日游。'"

清光绪《德庆州志·艺文志》著录。朱一新按语："右濂溪题名，正书，在三洲岩。《菉竹堂碑目》著录为熙宁元年季冬，《旧志》《府志》载此刻，并作'濂溪周惇颐茂叔，熙宁元年戊申季冬廿六日游'。今剥泐已甚，所见仅此耳。以《旧志》《府志》并载，故知为濂溪题名也。'元'字以下又为明李文凤题名压刻，其迹尚灭没可辨。《宋史》本传，熙宁初知郴州，用赵抃、吕公著荐，为广东转运判官，提点刑狱，此殆为转运时。阳春铜石岩、高要石室大岩皆书转运判官。可证。"

清宣统《高要县志》卷二十二《金石篇一》，马呈图按语："案康熙《志》载七星岩刻一条云：'濂溪周惇颐茂叔，熙宁元年戊申季冬二十六日游。'（元公题名数处，皆书官，无自署濂溪者）今阳春铜石岩有茂叔熙宁二年正月一日题名，与石室岩正月七日所题并核，恐无元年冬尽先在高要之理。此条又见德庆志三洲岩题刻，以道里日月考之，均未可信。"

翁方纲《粤东金石略》卷八："三洲岩诸石刻：《德庆州志》又载岩内题云'濂溪周惇颐茂叔，熙宁元年戊申季冬廿六日游'。此段访之不获。""阳春岩题字二段：转运判官周惇颐茂叔，熙宁二年正月一日游。"

明叶盛《菉竹堂稿》（清初钞本）卷八《跋周元公题名》："'濂溪周惇颐茂叔，熙宁元年季冬二十六日游。'自左而右，乾道己丑洛阳程佑之刻。'转运判官周惇颐茂叔，熙宁二年正月七日游。军事推官谭允、高要县尉曾绪同至。''茂'字至'正'字当泉溜处，尚隐隐可见，后有淳祐壬子吕中等题字。""右濂溪先生题名二，其一在今德庆州三洲岩，其一在今肇庆府七星岩，俱在石洞上，点点画画，端重沉实，无一毫苟且姿媚态，观者可以想见先生道德之风。夫以先生之片言只字，流风遗迹，小而名刺，贱如守坟之人，莫不重见于人，如度正之所录则过有道矣。然以向慕尊仰先生之至如紫阳夫子，尚止得其《拙赋》《爱莲说》墨本，亦未闻其为亲迹入刻也。而盛也区区广中之役，乃得接闻先生之盛如此，独非幸乎哉！于是既模得，装潢袭藏复谨，用志之。"

石刻未见待访。

清光绪《德庆州志·艺文志》著录仅存七字残文：

南宋淳祐元年，三洲岩有赵与泌等观濂溪遗迹题名，署款"淳祐改元长至后四日"，北京大学图书馆存旧拓。

陈白沙有《夜过三洲访濂溪题名示诸生》诗："山容寂寞红叶老，江月照耀青天高。题名夜半寻周子，秉炬相随爱尔曹。"

十一、熙宁二年（1069）周惇颐高要阳春岩题刻

转运判官周惇颐茂叔，熙宁二年正月一日游。

登仕郎行县事梁邻命工刊。

住持监院僧瑞昙监。

阳春岩又名通真岩、铜石岩。

《八琼室金石补正》、道光《广东通志》、道光《肇庆府志》、民国《阳春县志》及周广《广东考古辑要》著录。

《八琼室金石补正》卷九十八："阳春岩题刻四段：在高要城北八十里，铜石岩石室前。周子题名：高一尺余，广一尺四寸，四行，行五字，字径一寸五分。刻石人名二行，字径七分。均正书。'转运判官周惇颐茂叔，熙宁二年正月一日游。登仕郎行县事梁邻命工刊，住持监院僧瑞昙监。"

陆增祥按语："《萃编》载周子题记在七星岩，后此六日。"

清道光《肇庆府志》："'濂溪周元公笔迹'：此七字横列元公题名上，《高要志》谓吕中所书。"

民国《阳春县志》卷十二《古迹》："右留题，前三行半共一十八字，字径二寸，在岩半壁，与祖判题名相连。后二行，径八九分。俱正书。"

周濂溪阳春岩石刻

翁方纲《复初斋集外诗》卷五《于阳春岩壁得周子及祖择之题字二段》，题注："一题'转运判官周敦颐茂叔，熙宁二年正月一日游'。"

宋刻《元公周先生濂溪集》、周沈珂编《周元公集》、邓显鹤编《周子全书》未收。

国家图书馆藏旧拓。

十二、熙宁二年（1069）周惇颐、谭允、曾绪肇庆七星岩题刻

濂溪周元公笔迹

转运判官周惇颐茂叔，熙宁二年三月七日游。军事推官谭允、高要县尉曾绪同至。

淳祐壬子春日，后学吕中，偕正录直学邝梦得、陈君畴、孔朱年、董汝舟，诸生得之，谨识。时广学掌仪顾孺嘉同至。

星岩又名七星岩。

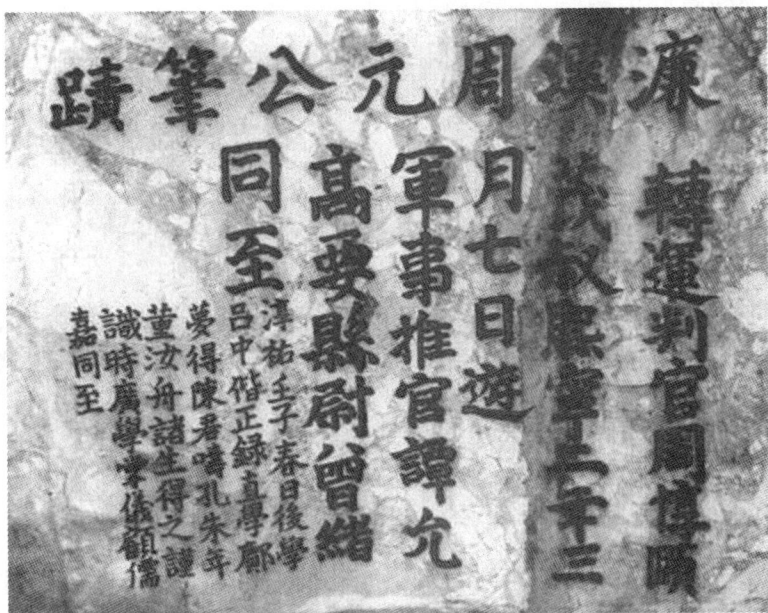

周濂溪七星岩石刻

　　"濂溪周元公笔迹"为南宋吕中题名，"住持监院僧瑞昙监"以下为吕中题跋。"溪"字及"茂叔，熙宁二年三"被凿。

　　宋刻《元公周先生濂溪集》卷六、周沈珂编《周元公集》卷六、邓显鹤编《周子全书》卷三收录。

　　《金石萃编》卷一百三十七："周元公题名二段：襄本高广尺寸行字多寡皆不计，一在广东德庆州，一在广东高要县。'濂溪周惇颐茂叔，熙宁二年季冬二十六日游。''转运判官周惇颐茂叔，熙宁二年正月七日游。军事推官谭允、高要县尉曾绪同至。'"

　　《永乐大典》卷九千七百六十三《邑》："星岩：在广东肇庆府。'转运判官周惇颐茂叔，熙宁二年正月七日游。'"

　　北京大学图书馆、日本京都大学藏旧拓。

　　石刻今存，在石室岩洞内东壁。"正月"作"三月"。

　　刘伟铿等主编《肇庆星湖石刻》，欧广勇、刘伟铿编《七星岩鼎湖山书法石刻选》，肇庆市文化广电新闻出版局编《肇庆文化遗产》，均有著录。

十三、熙宁间连州"廉泉之源"榜书

廉泉之源

濂溪书

周濂溪榜书

清翁方纲以为周濂溪先生书。

清翁方纲《粤东金石略》："周子为广东提刑，游巾山，刻'廉泉之源'四字于石壁。长宽各二尺，结体朴拙，而笔笔不苟，穆然有道气象，令人起敬。按山阳度正作《周子年表》云：熙宁元年，以吕文献荐，擢广南东路转运判官。三年，转虞部郎中，提点广南东路刑狱。四年辛亥正月，赴广南任。是年八月，改知南康军。此字当刻于是时。"

清道光《广东通志》卷二百零七《金石略九》："'廉泉之源'四大字：存。谨案：四字在连州巾峰。"

清缪荃孙《金石分地编目》："巾山'廉泉之源'四大字，周敦颐正书。翁《略》考为熙宁间。"

清关涵《岭南随笔》：巾山石刻："州东三里巾山，一名翠巾峰。石壁有周子'廉泉之源'四字。周子以熙宁元年擢岭南东路转运判官，三年转提点广南东路刑狱，盖是时书也。字体端朴，令人起敬。"

曹腾騑、黄道钦主编《广东摩崖石刻》著录黑白照片。

第二节　名篇诵读

《濂溪先生墓志铭》

潘兴嗣

　　吾友周茂叔讳惇颐,其先营道人。曾祖讳从远,祖讳知强,皆不仕。考讳辅成,任贺州桂岭县令,赠谏议大夫。

　　君幼孤,依舅氏龙图阁学士郑向。以君有远器,爱之如子。龙图公名子皆用惇字,因以惇名君。景祐中,奏补试将作监主簿,授洪州分宁县簿。君博学行已,遇事刚果,有古人风,众口交称之。部使者以君为有才,奏举南安军司理参军。转运使王逵以苛刻莅下,吏无敢可否。君与之辨狱事,不为屈,因置手版,归取诰敕纳之,投劾而去,逵为之改容。复荐之,移郴令,改桂阳令,皆有治绩。用荐者迁大理寺丞,知洪州南昌县。其为治,精密严恕,务尽道理,民至今思之。改太子中舍,签判合州。覃恩改虞部员外郎,通判永州。今上即位,恩改驾部。赵公抃入参大政,奏君为广南东路转运判官,称其职,迁虞部郎中提点本路刑狱。君尽心职事,务在矜恕,虽瘴疠僻远,无所惮劳,竟以此得疾。恳请郡符,知南康军,未几分司南京。赵公抃复奏起君,而君疾已笃,熙宁六年六月七日卒于九江郡之私第,享年五十七。

　　君笃意气,以名节自处。郴守李初平最知君,既荐之,又赒其所不给。及初平卒,子尚幼,君护其丧以归,葬之。士大夫闻君之风,识与不识,皆指君曰:“是能葬举主者。”君奉养至廉,所得俸禄,分给宗族,其余以待宾客,不知者以为好名,君处之裕如也。在南昌时得疾暴卒,更一日一夜始苏。视其家,服御之物,止一敝箧,钱不满数百,人莫不叹服,此予之亲见也。尝过浔阳,爱庐山,因筑室溪上,名之曰濂溪书堂。每从容为予言:“可仕可止,古人无所必。束发为学,将有以设施,可泽于斯人者。必不得已,止未晚也。此濂溪者,异时与子相从于其上,歌咏先王之道,足矣!”此君之志也!尤善谈名理,深于易学,作《太极图》《易说》《易通》数十篇,诗十卷,今藏于家。母郑氏,封仙居县太君。娶陆氏职方郎中参之女,再娶蒲氏太常丞师道之女。子二人,曰寿曰焘,皆补太庙斋郎。以其年十一月二十一日，窆于德化县德化乡清泉社母大人之墓左，从遗命也。寿等能次列其状来请铭，乃泣而为之铭。铭曰：

人之不然，我独然之。义贯于中，贵于自期。

谆谆日甚，风俗之偷。乃如伊人，吾复何求。

志固在我，寿则有命。道之不行，斯谓之病。

【点评】

潘兴嗣，字延之，南昌新建人。幼承庭训，通经史，工诗文，为世所重。与王安石、曾巩相友善。筑室豫章城南，日读书期间，自号清逸居士，名其楼为闲云楼。

潘兴嗣为周濂溪挚友，曾为濂溪先生之母撰《仙居县太君郑氏墓志铭》。

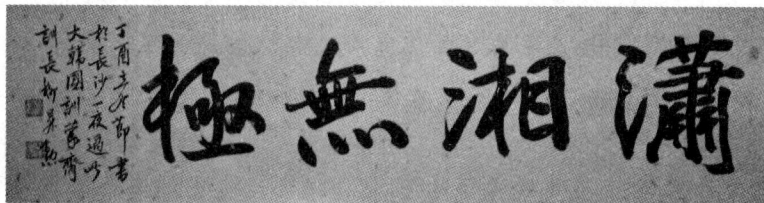

柳昇勋书"潇湘无极"

第十一讲

第一节　月岩和月岩摩崖石刻

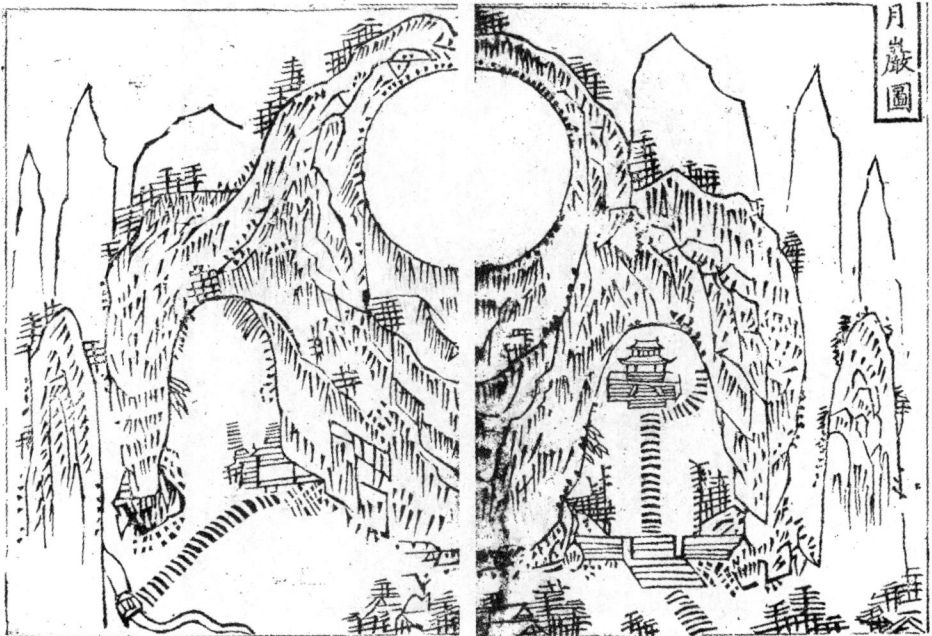

胥从化《濂溪志》中的月岩图

一、月岩

月岩位于湖南道县城西 20 公里处清塘镇的月岩村与小坪村之间，背靠都庞岭。月岩的奇特之处在于，它有前后两洞，并且中间形成一个巨大的天坑，远望是一座山，走入里面，才发现有"一岩三洞"的天造奇观。这种奇观在多山的湘南一带也是极为罕见的，月岩可谓天赋异禀，只是藏于荒郊人未知罢了。

从月岩内部可攀缘曲径，登上顶部，可以眺望远处的田园风光以及耸翠的群峰，也可以俯瞰月岩内部的整体构造、白净的岩层和茂密的草树。月岩是静谧的，但有时岩燕鸣叫嬉戏，有时水滴自顶部打落，给予月岩以动态的意趣。

李嵘慈《濂溪志》中的月岩图

相传周濂溪少年时，曾经在此乘凉读书，领悟太极之理。

历代地方志均有关于月岩的记载，清道光《永州府志》说道："濂溪以西十五里，营山之南，有山奇耸，中为月岩。旧名穿岩。其距州约四十里焉，岩形如圆廪，中可容数万斛。东西两门相通，望之若城阙。中虚其顶，侧行旁睨，如月上下弦，就中仰视，月形始满，以此得名。岩前奇石如走貌伏犀，形状不一。相传周子幼时，尝游息岩中，悟太极，故又称太极岩。有书堂在岩内，石壁环之。"

章潢《图书编》中的月岩图

自南宋时起，历代政府官员、文人墨客、理学后裔推尊周濂溪，先后瞻仰月岩，题咏刻石，赞美月岩奇观以及周濂溪的伟大创造。徐霞客曾经赞誉："永南诸岩殿最，道州月岩第一。""月岩仙踪"又为"道州八景"之一。其独特的自然景观，加上厚重的人文景观，使其成为探究濂溪理学的佳境。

光绪《道州志》中的月岩仙踪图

二、月岩摩崖石刻

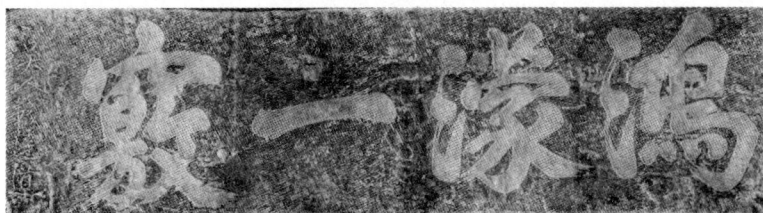

"鸿濛一窍"榜书

目前已考察到月岩摩崖石刻共计 63 幅，大部分未录入方志文献。月岩的摩崖石刻以诗刻和榜书为主，63 处石刻中，诗刻多达 35 处，总计刻诗 65 首。月岩石刻诗以五言、七言为主，亦有少量四言诗及古体诗，主题纯粹，大都是理学诗，以濂溪先生、理学、月象为核心，兼及水石景观。前往月岩拜瞻题刻者甚多，从现存石刻来看，多为地方官员、理学名臣、乡贤雅士、周子后裔。从刻石的规模来看，有一两人同行，也有七八人盛会；有多人唱和诗，也有单一作者的大字榜书。月岩石刻诗的作者有一部分因官微位卑而不见于史籍，由于时代久远，生平难以稽考，因此尤为可贵。

"太极岩"榜书

　　现存月岩摩崖石刻，以南宋淳熙六年赵汝谊、赵赓、章颖祷雨题记最早，反映了地方官员天旱祷雨的史实。赵汝谊曾重修濂溪书院，使濂溪书院沿衍数百年一脉之传。

　　其次为景定三年刘锡、李挺祖诗刻。刘锡是浙江永嘉人，任国子监主簿。李挺祖号瓠轩，道州江华人，是濂溪书院"掌御书臣"。景定四年二月，知州杨允恭请于朝，宋理宗御书"道州濂溪书院"六个大字，并赐玺书，杨允恭即筵请李挺祖专职濂溪书院文书，刻于石上。在月岩刻有其所作的诗文。

　　月岩摩崖石刻以明代石刻最多，明代又以正德、嘉靖、万历年间最盛，体现了明代理学兴盛的背景，以及周濂溪在明代备受推崇的史实。

"先天道体"榜书

　　明代石刻共有40幅，其中最早的是"翰林五经博士"周冕所作《题月岩》，彰显了周子后裔重视濂溪思想的传统，开明代题诗刻石之先河。其后，"世袭翰林五经博士"的周绣麟悉读家藏，承其家风，与当时官员、士人来往甚密，为这一时期濂溪学的发展提供了良好的氛围。月岩有周绣麟《游月岩次陈宗师韵》，即与岳麓书院山长陈凤梧的酬唱诗文。月岩又有徐爱、顾璘、黄佐、颜鲸等阳明后学，慕名前来，刻石留题。他们拜访遗迹，阐发濂溪思想的内在意蕴。张乔松改题月岩为"太极岩"，开启了"太极"论辩的新思潮。胡直的大字榜书"如月之中"，在濂溪学中注入"心学"的因子，成就了一种新的学术气象。徐爱的月岩诗刻，确定了王阳明寻访月岩的时间。顾璘的两幅碑刻，展示了他与当时文人之间的交游。

　　明、清、民国间的摩崖石刻榜书极多，有"广寒深处""清虚洞""风月长新""如月之中""浑然太极""豁然贯通""道在其中""理学渊源""参悟道真""悟道先迹""乾坤别境""浑涵造化""鸿濛一窍""先天道体""上弦月""下弦月""望月""月岩""太极岩""太极洞"等。这些榜书风格浑厚端庄，有很高的书法艺术价值。

　　清代石刻9幅。张铭的榜书"拙榻"，回归到周濂溪的《拙赋》。范辉璨与宗廷献的唱和，反映着士大夫的交游。周建官的诗刻，是濂溪后裔群体对濂溪先生的追念。

　　民国石刻8幅，有县长张之觉、周仁术、魏籽耘所题榜书，以及《重修月岩记》和《重修月岩小引》，体现了民国官方对月岩的重视。

　　另外3幅石刻残缺，已经难以辨别其年代，而由于自然风化、人为镌毁，消失的石刻不可统计，也难再恢复。

"月岩"榜书

第二节　名篇诵读

月岩纪咏诗选

月　岩

徐　爱

扳奇殊未厌，涧谷披蓁莽。

梯崖陟穹洞，中秋魄孤朗。

长消随朔晦，东西窥偃仰。

分明示太极，阴阳始析两。

哲人固先天，肇物亦有象。

字画鱼鸟因，图书龟马仿。

元公自深易，证兹弥不罔。

可以春陵墟，仰配河洛壤。

濂　溪

徐　爱

不尽幽奇目，濂溪看独明。

寒泉冬更暖，紫气午还清。

南国精灵在，光风草木生。

令人怀阙里，千古可胜情。

谒濂溪先生祠二首

刘　魁

瓣香久欲荐溪蘋，今日躬寻庭草春。

孔孟以来推此老，程朱之上更何人。

图书未领千年意，风月空瞻七尺身。

最是神明扶正直，池莲应不杂荆榛。

濂溪溪上敬停骖，再拜先生古道颜。
圣可学乎真有要，果而确也信无难。
圆圈万象包含内，芳草一庭意思间。
摄邵至今风韵在，一回瞻望一回惭。

游月岩诗

唐 瑶

万山深处路逶迟，三洞空明接翠微。
大块向人呈至巧，先天于此见真幾。
玄猿引类窥宾燕，石乳悬崖散酒卮。
一笑归来宽眼界，两岩端合竖降旗。

游月岩诗

纪光训

拟约佳游久铸盟，肩舆今日附君行。
晴光掩映林坰暖，岚气潜收涧壑清。
山外奇观云断续，岩中变态月亏盈。
我来坐玩天机活，会得图书一段情。

【点评】

徐爱，字曰仁，号横山，浙江余姚人。正德三年进士。徐爱是王阳明最早的嫡传弟子，也是王阳明的妹夫。徐爱最早记录王阳明语录，汇编成《传习录》，成为阳明学的影响巨大的重要文献。

刘魁，字焕吾，号晴川，江西庐陵人。嘉靖间为宝庆府通判。刘魁为王阳明弟子，阳明卒，刘魁作祭文，载入《王阳明全集》。刘魁雅好游历山水，对景赋诗，感慨抒怀。曾经登九嶷，拜重华，沂濂溪，谒元公故里，游月岩，观望弦月，憩淡岩，读黄山谷诗，所至胜处多留题，辄刊之石。

　　《四库总目提要》称，刘魁"少从王守仁游，讲良知之学；登朝以气节著，吟咏非所注意"。但"孔孟以来推此老，程朱之上更何人"二句，确为千古不磨之论。

隆庆《永州府志》中的月岩图

第十二讲

第一节　濂溪祠和濂溪书院

宋元明清时期，在周濂溪故里和任职的道州、永州等地创建的濂溪祠和濂溪书院，多达100余所，成为各地倡导、传衍濂溪学术的中心。

一、濂溪祠

最早为周濂溪建立祠祀的是湖湘学派的创始人、胡安国弟子向子忞。向子忞任道州知州，通过阅读《河南语录》，"见程氏渊源，自濂溪出"，于是建濂溪祠于三元阁上，并请弟子胡铨作《道州濂溪祠记》，开创了建祠祭祀濂溪之始。胡铨在这篇《祠记》中阐述了濂溪祠的创建过程，指出周濂溪是深受湖湘民众拥戴、勤政为民、不畏权势的官吏，对《通书》中以"诚"为核心的哲学理念做了系统的论述。

受道州濂溪祠的影响，各地州县广立学校，祭祀先圣先师，掀起了濂溪学的"新建"运动。

绍兴二十七年(1157)，道州州学教授郭份，借《道州进士提名记》表彰周濂溪："濂溪先生虽不从事科举，然记春陵登第者，推本先生以为师范，可谓知所尊矣，故录之。"指出周濂溪"深造自得""伊洛之学盖其出焉"，肯定了周濂溪与二程的学术传承关系，并通过推尊濂溪，使士子有学习、追寻的榜样，进而达到见贤思齐的目的。

绍兴二十八年(1158)，永州知州陈辉与曾迪"发扬前贤遗范"，在周濂溪做过通判的永州郡学立先贤祠。此后刘安世"率诸生造府",方畴求得周濂溪的画像立于祠堂中,张栻因侍亲辗转永州,幼闻庭训,学习伊洛之学,而作《永州州学先生祠记》,认为二程学术"论其发端,实自先生"。胡安国弟子曾幾作《永州倅厅拙堂记》,既赞美了周濂溪"短于取名而惠于求志,薄于徼福而厚于得民"的人品,又对周程学术源流关系持肯定态度,认为:"二程先生一世师表,而问学渊源实自濂溪出,工于道乃如是。"通过追溯"周程授受"的学术关系,表彰先贤,复兴儒学。

　　特别是自朱熹、张栻岳麓书院会晤后,朱熹先后四次厘定、校勘周濂溪的著作,确立道学传承谱系,广建濂溪祠。

　　乾道二年(1166),林栗在江州建立濂溪祠,并说"今营道、零陵、南安、邵阳,皆已俎豆泮宫",可见当时为濂溪立祠已经成为广泛的风气。林栗还从周濂溪曾孙周直卿处获得了周濂溪的遗像及《通书》等著作,刻板并绘像,使当地百姓"知所矜式"。

　　淳熙五年(1178),道州重修濂溪祠,张栻作《道州重建先生祠记》,一方面强调周濂溪的学术贡献在于"以孔孟之遗意,复明于千载之下",回归了圣学的传统,肯定了周濂溪在儒学思想上的重大贡献;另一方面指出周濂溪"实出于舂陵"的湖湘地域背景,通过"为乡贤及先贤立祠",扩大和深化了周濂溪在湖湘学统中的学术地位。

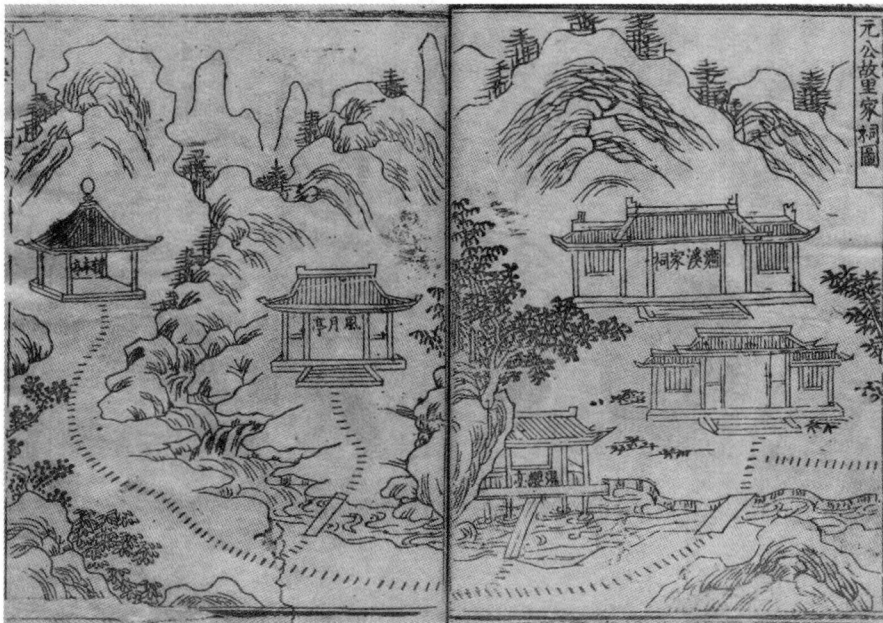

李嵊慈《濂溪志》中的濂溪故里家祠图

　　二、濂溪书院

　　南宋时期，在道州濂溪祠旁边建有书院。宋理宗景定四年（1263）二月，道州知州杨允恭"请于朝上，御书'道州濂溪书院'六大字，赐以玺书"。杨允恭将御书刻石，将书院拓地扩建，"以旌道学之源"。杨允恭在《谢表》中说道："国家之建书院，宸笔之表道州，岂徒为观美乎？岂使之专习文词为决科利禄计乎？盖欲成就人才，将以传斯道而济斯民也。"勉励诸生"希贤希圣"，以"不负圣天子立道作人之意"。

　　明代景泰七年，周子后裔赐封为"五经博士"。嘉靖年间，濂溪书院重修，"为楼三间，匾曰'光霁楼'，又外为棂星门"。正德年间，修左右二坊，曰"继往""开来"。弘治年间，"宗子居之，为文献世家之门"。

　　清代康熙二十六年四月，御赐"学达性天"匾额以为表彰，"世袭翰林五经博士"周嘉耀作《谢表》，为儒学的发展树立了新的典范。

　　此后，零陵、宁远、江永、东安以及邵州、郴州等州县相继创建纪念周濂溪的书院，"濂溪书院"或"宗濂书院"或"景濂书院"成为儒家理学和湖湘区域文化的代表性符号。

　　濂溪祠、濂溪书院受到后人的瞻拜景仰，一直延续至清末以后。而道州的濂溪祠和濂溪书院，作为濂溪一脉的宗主所在，具有文化传播、延续学术、接续谱系的重要功能。濂溪祠、濂溪书院的价值不仅仅是一般意义上的后裔祭祀、士子学习，而且成了中国优秀传统文化中的核心内容，具有全国性乃至世界性的普遍意义。

"濂溪书院"榜书

第二节　名篇诵读

《道州建濂溪书院记》

魏了翁

周元公先生世居舂陵之濂溪，诹经订礼，宜有秩祀。自向侯子忞，始祠于学，赵侯汝谊更度之。自郡士胡元鼎始即故居为祠，何士先诸人损益之，张宣公暨诸贤既各为之记。嘉定十年，龚侯维蕃访先生之裔孙钥，得累世券剂，始知营道西十八里为濂之原，又东流二十里为濂溪保。左曰龙山，右曰豸岭，则故居之实也。明年，更为祠，奉先生像。其前一堂，堂内重门夹塾，为学者讲肄之所，至此亦云备矣。乃十二年，番阳董侯与几始至，舍菜于祠，顾旁近皆周氏子弟，率躬耕自给，乃买田为粮以教育之。惟鑰能世其业，则付鑰主之。尚以馆塾狭隘且距郭远，弗便往来，谋于近郊筑室授徒，而难其地。一日，出郭西三里，款虞帝庙。事毕，游后冈，去庙数百步，有岩石林立，其中数十丈平，濂山峙其西，濂水迳其南，列岫萦环，九巕隐约，若夫作地藏而有待焉者。侯乃出奉赐钱三十万，命知营道县胡杻，即其平为室，榜曰"濂溪书院"，方伯、监司咸助成之。会僧田百亩乏主，侯以为书院养士之用，权为员二十。转运判官赵公汝谪亦为岁截州通判所掌钱十万。役成，侯以书抵某，曰："子学先生之学者也，易名曰元，又以子请。郡人谓是役宜有记，虽然，不可以他属也。"某谢不敢。

厥数年，复以请。某谓先生建图立书，为孔孟氏兴绝学，凡在郡国，皆当表而出之，矧舂陵乎？《记》曰："'维岳降神，生甫及申'，此文武之德也。"夫以祖宗积累之盛，时数清明之感，山川风物之会，而后生贤焉，以为天下后世之仁。侯之为是也，可谓知所先务矣，畴敢不诺？

虽然，当因是而有感焉。记曰：

"凡学，春官，释奠于先师。"释者曰："若《礼》有高堂生，《乐》有制氏，《诗》有毛公，《书》有伏生。"

又曰："凡释奠者，必有合也。"释者曰："若周有周公，鲁有孔子，各有奠之，不合也。"

　　至如祀先贤于西学，祭乐祖于瞽宗，传者亦谓各于所习之学，祭先师所通之经。

　　夫周公、孔子，非周、鲁之所得而专也，而经各立师，则周典安有是哉？古者民以君为师，仁鄙寿夭，君实司之，而臣则辅相人君，以师保万民者也。自孔子以前，曰圣曰贤，有道有德，则未有不生居显位、没祭大烝者，此非诸生所得祠也。

　　自君师之职不修，学校废，井牧坏，民散而无所系，于是始有师弟子群居以相讲授者。所谓各祭其先师，疑秦汉以来始有之。而《诗》《书》《礼》《乐》各立师，不能以相通，则秦汉以前为士者，断不若是之隘也。此亦可见世变日降，君师之职下移，而先王之道分裂矣。

　　然而春秋战国之乱，犹有圣贤为之师也。秦汉以来，犹有专门之儒为之师也。故所在郡国，尚存先师之号，奠祠于学焉。故记人识于礼，而传者又即其所闻见以明之。

　　至魏晋而降，极于五胡之乱，古制无存，而师道益泯。于是以老庄求《易》，以谶纬明《礼》，以末师之说而疑圣言，以叔世之法而证往古。其剿掠一二，苟以哗众取宠，此固无以议为。而号曰通经博古，则皆弃其德性之知，以习于见闻之陋，时师之见，既未有以绝出传注，则袭卑踵陋，虽求如秦汉以来专门之师，且不可得。夫然，故书自书，人自人，而学为空言。

　　至我国朝之盛，先生奋自南服，超然独得，以上承孔孟氏垂绝之绪。河南二程子，神交心契，相与疏瀹阐明，而圣道复著，曰诚，曰仁，曰太极，曰性命，曰阴阳，曰鬼神，曰义利，纲条彪列，分限晓然，学者始有所准的。于是知是身之贵，果可以位天地，育万物；果可以为尧、舜，为周公、仲尼。而其求端用力，又不出乎暗室屋漏之隐，躬行日用之近，而非若异端之虚寂，百氏之支离也，相与翕然宗之。张、杨、游、吕，侯、谢、尹、张诸儒，口传心授。至近世朱、张、吕氏，推而大之。盖自道湮民散，千有五六百年，而后得所师承。呜呼！幸哉！使生于汉魏晋唐，则不得是学矣，然而有甚不幸焉者。君子深造之以道，欲得自得之也。自得之则居之安，居之安则资之深，资之深则取之左右逢其原。盖惟诚求而实见，然后笃信而力行。行之而著，习矣而察，然后涣然怡然，有不能以自已者。今乃以先儒之讲析既精，后学之粹类滋广。苟有纤能小慧，则资之以饰口耳，假之以猎声利，而于我若无与然。极其为害，又反有甚于记览词章之溺志者。

　　某之惧此有年矣，故因侯之筑室以馆诸生也，发是义以告之。呜呼！山崎溪流，风光月霁，水华之静植，庭草之茂芜，先生之精神气象，论议风指，闾闾其如在也。吾党盍相与诵其诗，读其书，为其人以思之，如生乎其时，立乎其位，敬共以事之？则将有世之相后而若合符节者。《诗》曰："如璋如圭，如取如携。"诸生尚懋敬之，以毋忘侯德。

【点评】

魏了翁，字华父，号鹤山，学者称鹤山先生。宋邛州蒲江人。宁宗庆元五年进士第二人及第，历官签书剑南西川节度判官厅公事、秘书省正字、校书郎、知嘉定府、汉州、眉州、泸州、潼川府、权工部侍郎。理宗宝庆元年，史弥远当政，以"封章谤讪""朋邪谤国""欺世盗名"罪名，落职夺三秩，谪居湖南靖州，凡七年，著《渠阳集》十八卷。

魏了翁以长于吏治著称，而其一生学术根柢实在于传承理学。《宋元学案》称其私淑朱熹、张栻，列为《鹤山学案》。当南宋时，魏了翁与真德秀为友，相与推崇程朱，人多以"真魏"并称。在朱子卒后，魏了翁是首先对程朱理学的正统化起了重要推动作用的第一人。

民国道县濂溪书院

第十三讲

第一节　濂溪祠的传统祭祀

一、祭祀是我国古代的传统礼制

《后汉书·祭祀志》说："祭祀之道，自生民以来则有之矣。豺、獭知祭祀，而况人乎！故人知之至于念想，犹豺、獭之自然也，顾古质略而后文饰耳。"

古人相传，每年解冻时，水獭开始捕鱼，先罗列站立在岸边，像进献的样子。每年秋天，走兽肥大，豺狼开始捕猎，也先做出进献的样子。

孟春之月，东风解冻，蛰虫始振，鱼上冰，獭祭鱼，鸿雁来。季秋之月，霜降之日，豺乃祭兽。自然之理也。

礼就是天地的秩序，就是自然之理。

《白虎通义》说："夫礼者，阴阳之际也，百事之会也，所以尊天地、傧鬼神、序上下、正人道也。"

《礼记》说："乐者，天地之和也。礼者，天地之序也。""和故百物皆化，序故群物皆别。""大乐与天地同和，大礼与天地同节。"

礼也是人间的秩序，是古代典章制度的核心，是古代文明隆盛的体现。

《大戴礼记》说："夫礼，贵者敬焉，老者孝焉，幼者慈焉，少者友焉，贱者惠焉。"

《礼记·少仪》说："言语之美，穆穆皇皇。朝廷之美，济济翔翔。祭祀之美，齐齐皇皇。车马之美，匪匪翼翼。鸾和之美，肃肃雍雍。"

《礼记》又说："夫礼，始于冠，本于昏，重于丧祭，尊于朝聘，和于射乡，此礼之大体也。""礼乐刑政，四达而不悖，则王道备矣。"

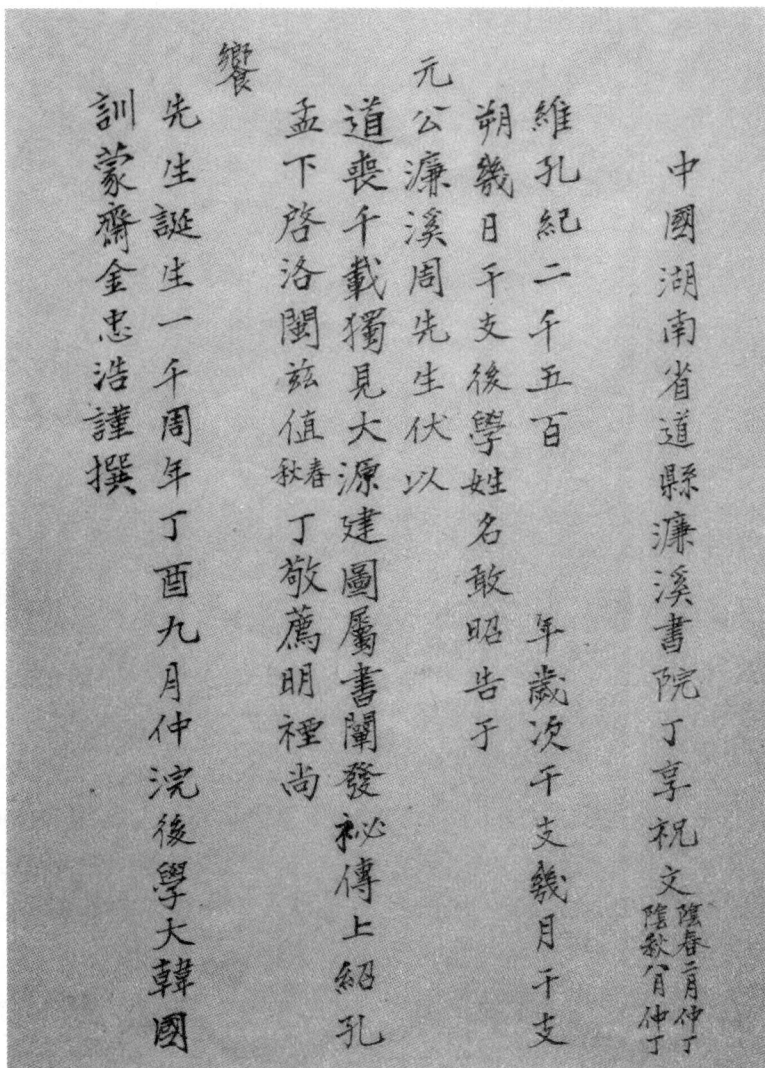

濂溪书院祝文

二、祭祀的种类

祭祀的种类主要有：

祭天；

祭地（祭社）；

祭先农（祭稷）；

祭名山大川；

祭古代天子；

祭历代圣贤；

祭本族先祖（祖庙、家庙）。

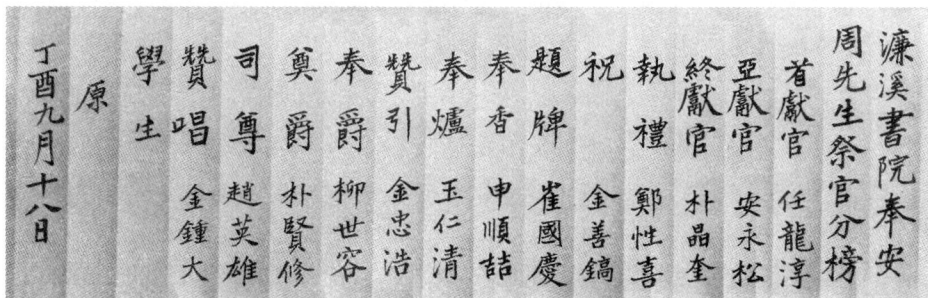

濂溪书院祭官名榜

三、祭祀的目的

祭祀的目的，在于纪念对于人类社会做出了重大贡献的人。

最重要的贡献有五项。《礼记·祭法》说："夫圣王之制祭祀也：法施于民则祀之，以死勤事则祀之，以劳定国则祀之，能御大灾则祀之，能捍大患则祀之。"

有人擅长农业，因此有"神农"的称号。有人擅长工艺，因此有"共工"的称号。执掌农业的官职，叫作"后稷"。执掌水土的官职，叫作"后土"。不论什么朝代，人们都纪念他们。"是故厉山氏之有天下也，其子曰农，能殖百谷。夏之衰也，周弃继之，故祀以为稷。共工氏之霸九州也，其子曰后土，能平九州，故祀以为社。"

黄帝、颛顼、帝喾、帝尧、帝舜，大禹、商契、商汤、周文王、周武王，以及鲧、冥，都有功烈于民，所以不论什么朝代，人们都纪念他们。"帝喾能序星辰以著众，尧能赏均刑法以义终，舜勤众事而野死，鲧障洪水而殛死，禹能修鲧之功。黄帝正名百物以明民共财，颛顼能修之，契为司徒而民成，冥勤其官而水死，汤以宽治民而除其虐，文王以文治，武王以武功去民之灾。此皆有功烈于民者也。"

此外，天地日月星辰，构成了宇宙。名山大川，兴云布雨。甚至一些小事小物，与人类的生存环境息息相关，人们也都纪念它们。"及夫日、月、星辰，民所瞻仰也，山林、川谷、丘陵，民所取财用也。"

"非此族也，不在祀典。"不在此列的偶尔显灵的小神，就不祭祀。过分、过度的祭祀，则称之为"淫祠"。

四、祭祀的意义

祭祀重在内心诚敬，最忌贪婪亵渎。

《礼记·檀弓下》说："祭祀之礼，主人自尽焉尔。岂知神之所飨？亦以主人有斋敬之心也。"

《论语》说："祭如在，祭神如神在。"

元代赵天麟作《太平金镜策》，对山川祭祀加以推崇，因为山川是公共资源，关系到环境气候；对淫祠加以批评，因为淫祠败坏风俗，助长侥幸之心。

赵天麟说道：

臣闻天子祭天地及天下之名山大川，诸侯祭社稷及名山大川之在其地者，大夫祭五祀，士祀宗庙，庶祭祖考于寝。上得兼下，下不得僭上，皆有制以节之。今国家秩祀，既有礼部、太常寺、侍仪以备其节文，又诏所在官司岁时致祭五岳四渎名山大川，历代圣帝明王忠臣节士之载于祀典者，皆其宜也。

窃见小民不安常典，妄祀明神，其类甚多，不可枚举。夫东岳者，天子告成之地，东方藩牧当祀之山。今乃有倡优之辈、货殖之徒，每年春季四方云聚，有不远千里而来者，干越礼典。亵渎神明，亦已甚矣。

伏望陛下申明前诏，使天下郡县官各祭名山大川，圣帝明王忠臣节士之在其地者。凡下民当祭之神，则听之。如非祀典所当祀而祀者，禁之，无令妄渎。如是则巫风寝息，且亦富民之一助也。

《新元史》记载：成宗大德二年二月，"是年，诏诸王驸马毋擅祀岳渎。先是，元年六月，诸王也儿干遣使乘驿祀岳渎，命追其驿券，仍切责之，因有是命"。

濂溪書院奉安周先生笏記

前一日有司掃除廟之內外○執禮設祝版位牌奉安文於龕室前卓子之右坫有○設香盒香爐盒東爐西於香卓上○設燭於龕室前卓上左右設罇所於階上東南卓有加勺冪○罇所卓上陳幣篚○設洗於東階下罇洗在西盥洗在東○設卓一於洗東置箱巾東爵西○設飲福位於階上前

濂溪書院享祀笏記

前一日有司掃除廟之內外○執禮設祝版於神位前卓子之右坫有○設香盒香爐盒東爐西於香卓上○設燭於神位前卓上左右○設罇所於階上東南卓有加勺冪○罇所卓上陳幣篚○設洗於東階下洗罇洗在西爵洗在東○設卓一於洗東置箱爵西巾東○設飲福位於階上前極近東

濂溪书院祭祀笏记

五、濂溪祠的祭祀

濂溪祠是圣贤祭祀，由朝廷颁诏，府县学生参与。

宋淳祐元年（1241），周濂溪从祀孔子庙庭。

绍兴二十九年（1159），州守向子忞创建了道州的周子祠于三元阁上。淳熙二年（1175），学博邹尃迁于敷教堂。淳熙五年（1178），州牧赵汝谊重建。嘉定间，迁入濂溪书院，肖像，而祀配以二程子。

濂溪故里的周子祠，宋淳熙七年（1180），乡贤义太初等人创建。嘉定七年（1214），州守龚维蕃重修。

元代，对周濂溪先生的祭祀，先是作为孔子祭祀的陪祭。

《元史·祭祀志》规定，朝廷举行的祭祀有几类："其天子亲遣使致祭者三：曰社稷，曰先农，曰宣圣。而岳镇海渎，使者奉玺书即其处行事，称代祀。其有司常祀者五：曰社稷，曰宣圣，曰三皇，曰岳镇海渎，曰风师雨师。其非通祀者五：曰武成王，曰古帝王庙，曰周公庙，曰名山大川、忠臣义士之祠，曰功臣之祠。"

元代置宣圣庙（孔庙）于燕京，诏春秋释奠于先圣，以颜子、曾子、子思、孟子配享，又以先儒周敦颐、程颢、程颐、张载、邵雍、司马光、朱熹、张栻、吕祖谦从祀。

其祝币之式：

祝版三，各一尺二寸，广八寸，木用楸梓柏，文曰："维年月日，皇帝敬遣某官等，致祭于大成至圣文宣王。"于先师曰："维年月日，某官等致祭于某国公。"

币三，用绢，各长一丈八尺。

其牲斋器皿之数，牲用牛一、羊五、豕五。

盥洗位，笾十，豆十，簠二，簋二，登三，铏三，俎三。

其日用春秋二仲月上丁。

其后又专门修建了周子祠。

元儒郝经《燕都周子祠堂碑》曰："道之统一，其传有二焉。尊而王，其统在位，则以位传；化而圣，其统在心，则以心传。位传者，人人得之，故常所在不忘。心传者，非其人则不可得，是以或绝或续，不得而常也。三代而上，圣王在位，则道以位传，尧、舜、禹、汤、文武、周公是已。三代而下，圣人无位，则道以心传，孔子、颜、曾、子思、孟子是已。……有宋春陵周子……创为《太极》一图，申明《大易》先后天之幾，著《通书》数十章，指陈圣学之极致，发前圣之蕴奥，先儒之所未言，为道学宗。"

元至正年间，道州判官吴肯重修了濂溪祠。至正八年（1348），里儒唐道举扩而新之。

明代，先是在道州设置了周濂溪先生的后裔。从九江取来十二世孙周冕，归还道州原籍。

明代规定：翰林院设世袭五经博士，其中周氏一人。

正统元年（1436），诏免凡圣贤子孙差役，选周、程、张、朱诸儒子孙聪明俊秀可教养者，不拘名数，送所在儒学读书，官给廪馔。

景泰七年（1456），授先儒周敦颐裔孙周冕。

明朝设置周濂溪后裔的原始文献，至今还保留着。

明正统元年七月十七日，顺天府推官徐郁奏疏记载："伏睹圣朝崇尚圣道，推恩及其子孙。孔子宗子承袭封爵，其余子孙皆免差役。颜、孟之后，专设教授以司训诲，俾习仁义道德，无坠先业，此希世之盛典也。及照先贤道国公周敦颐，上继往圣，下开来学，有功圣门，后世是赖。虽已从祀庙学，顾子孙犹杂编氓，祠墓不免倾圮。伏惟皇上大兴文治，乞敕该部：即将周氏子孙体访上闻，照例一应正办采买，杂派差徭，并监钞户口等役，尽行蠲免。令于所在儒学读书，择其才质可用者，量加甄录，应有祠墓，官为修葺置守。庶几人知君子之泽，悠久不替，感发兴起，有补世教矣。"

奏上，下六部、都察院合议，结果是："如所奏。行湖广布政司转永州府道州，将道国公周子祠宇，如有损坏，官为修理完备。仍于本处访常稔田置买顷亩，给予子孙奉祀。户内一应差役尽行蠲免，止纳粮一事。于附近民户，佥点佃扫门库之役，常川佃扫。其墓在九江府德化县，巡司、驿递等衙门，依礼供给廪食，应付船马、人夫。其子孙聪明俊秀可教养者，送付所在儒学读书。拨廪助赡，时加提调，务获成效。若有资质端庄，学识明裕，堪为时用者，有司从实具奏，取自上裁。所司勿得视为泛常，不加优待，有负朝廷崇重先贤之意。"

景泰六年十一月二十五日，司礼监太监王诚传奉圣旨："周濂溪有功世教，着礼部取他嫡长子孙来京，钦此。"

钦遵传奉到部，行湖广布政司，转行永州府道州，官吏、里老人等，勘审的实，周濂溪嫡长子孙一人，以礼起送，驰驿赴京，毋得稽迟。随据道州，起送周濂溪嫡长子孙周冕到部。

景泰七年五月二十日具题奉圣旨："照例着做世袭五经博士。钦此。"

应将周冕填注翰林院五经博士，世袭，仍回道州以奉祭祀。复具题请，奉圣旨："是。钦此。"劄付本官，还归奉祀，子孙世袭。

周子祠向有奉祀生员四名，例以子孙相承，世世勿替。

稍后，弘治十年（1497），九江也设置了周濂溪后裔。从道州取了周纶，归还九江守墓。

江西按察司佥事王启，呈祥江西巡抚林公俊的文书记载："为崇奉先贤，激励风教事，本职于弘治十年，巡历至九江府，据府呈祥，宋儒周元公先生世家道州，因过浔阳，爱其山水之胜，遂筑书堂于庐山之阜。今在本府德化县十里许，至于其没，又葬于栗树岭下，仅去书堂五里许。先生之母与其夫人皆葬在内，则先生之魂魄故安于是矣。虽极崇奉如孔庙阙里，亦不为过。自宋郡守潘慈明重修书堂，朱文公曾为之《记》。及文公出守南康，先生子孙自九江奉《爱莲说》墨本于文公，则知当时曾有子孙。至我朝代巡徐杰、项瑢，副使焦竑、陈玠，两次修举祠院。今皆圮坏，其子孙亦无一人为守祀事。弘治十六年七月二十一日起，送庠生周纶前往九江府德化县，守元公墓奉祀。"

　　明弘治、正德间，道州知州方琼、永州知州曹来旬相继修葺了道州濂溪祠。嘉靖三十五年（1556），御史姚虞樾、知州金椿重建。万历二年（1574），御史中丞赵贤彻而新之。至万历二十年（1592），御史中丞李桢重建仰濂亭楼。

　　万历元年（1573），永州司理崔惟植摄州事，奉御史中丞赵贤之命，重修了濂溪故里濂溪祠，大兴创造，祠宇改观。万历二年，知州罗斗重修了道州楼田濂溪祠，王阳明弟子、广东按察使胡直写了《道州濂溪先生楼田洞中家庙碑》《三君修元公庙颂》。

《点石斋画报》祭祀濂溪图

六、濂溪祠祭祀的制度规定

前设木主。

先贤道国元公周子之位，居中南向。

先贤豫国淳公程子之位，西向配享。

先贤洛国正公程子之位，东向配享。

中奉周子像，左右二程像。皆冕九旒，衮九章，执圭，垂绅，绣裳赤舄，端坐木主后。

春秋二仲次丁，行释菜礼。

先一日，正印官省牲取毛以告纯，取血以告杀。

厥明作乐，迎神献帛，献爵读祝，饮福受胙，彻馔送神，俱同孔庙。

设案如下：

帛一　爵三　羊二　豕二　登（一太羹）

铏（二和羹）　簠（一黍）　簋（一稷）

牺尊　象尊　香三　烛二　祝版

笾六　鹿脯　行盐　薧鱼　栗　菱　枣

豆六　菁菹　芹菹　笋菹　鹿醢　兔醢　鱼醢

祝文如下：

维年　月　日，知州某等敢昭告于先贤周子曰：惟公道探千载，书传万世。孔孟上承，程朱后继。《书》不尽言，《图》不尽意。庭草风光，池莲月霁。今兹仲春/仲秋，谨以牲帛醴齍粢盛庶品，式陈明荐。

朱子《奉安濂溪先生祠文》这样写道：

惟先生道学渊懿，得传于天。上继孔孟，下启程氏，使当世学者得见圣贤，千载之上，如闻其声，如睹其容。授受服行，措诸事业，传诸永久，而不失其正。功烈之盛，盖自孟氏以来未始有也。熹钦诵遗编，获启蒙吝。兹焉试郡，又得嗣守条教于百有余年之后。是用式严貌像，作庙学宫，并以明道先生程公、伊川先生程公配神从享。惟先生之灵，实鉴临之。谨告。

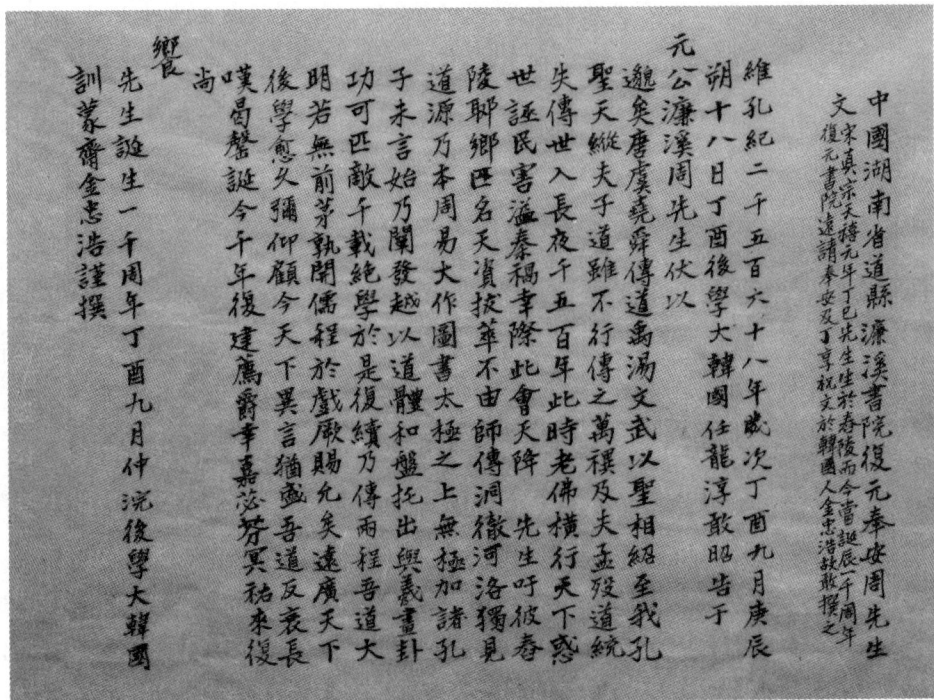

濂溪书院奉安文

第二节　名篇诵读

《邵州新迁学释菜祝文》

周濂溪

维治平五年，岁次戊申，正月甲戌朔，三日丙子。朝奉郎、尚书驾部员外郎、通判永州军州、兼管内劝农事、权发遣邵州军州事、上骑都尉、赐绯鱼袋周惇颐，敢昭告于先圣至圣文宣王：

惟夫子道德高厚、教化无穷，实与天地参而四时同。上自国都，下及州县，通立庙貌，州守县令，春秋释奠。虽天子之尊，入庙肃躬行礼，其重诚与天地参焉。儒衣冠、学道业者，列室于庙中，朝夕目瞻晬容，心慕至德，日蕴月积，几于颜氏之子者有之。得其位，施其道，泽及生民者代有之。然则夫子之宫可忽欤？而邵置于恶地，招于牙门，左狱右庚，秽喧历年。惇颐摄守州符，尝拜堂下，惕汗流背，起而议迁。得地东南，高明协卜，用旧增新，不日成就。彩章冕服，俨坐有序，诸生既集，率僚告成。谨以醴币藻蘩，式陈明荐，以兖国公颜子配。

尚飨！

【点评】

治平五年，即熙宁元年。这期间，濂溪先生权任邵州知州。

释菜礼是古代入学向先师所行之礼，以蘋蘩、芹藻之属奠祭，而不用牲牢币帛，是一种从简的祭礼。礼物虽薄，然"明有忠信之行，虽薄物皆为可用"。

《濂溪先生祝文》

朱　熹

维绍熙五年，岁次甲寅，八月己丑朔，二八日丙辰。朝散郎、秘阁修撰、权发遣潭州军州、兼管内劝农营田事、主管荆湖南路安抚司公事、马步军都总管、借紫朱熹，谨遣学生、迪功郎、道州宁远县尉冯允中，致祭于濂溪先生周公、明道先生程公、伊川先生程公：

於皇道体，沕穆无穷。羲农既远，孔孟为宗。

秦汉以还，名崇实否。文字所传，糟粕而已。

大贤起之，千载一逢。两程之绪，自我周翁。

清潇之原，有严貌像。欲觌无因，徒有怅望。

吏以毁告，闵然于衷。出金少府，往佐其攻。

爰俾诸生，敬陈一酹。先生临之，有赫无昧。

尚飨！

【点评】

朱子《濂溪先生祝文》，《周元公集》题为"潭州遣祭"。

朱子又有《奉安濂溪先生祠文》，《周元公集》题为"南康祠祭"。

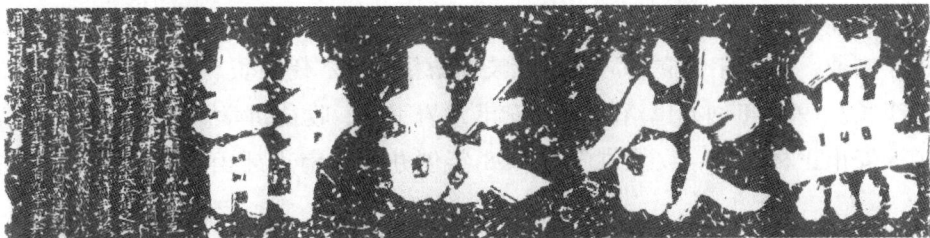

周濂溪先生榜书石刻及明代胡松题跋

《濂溪书院复元奉安周先生文》

[韩国]任龙淳

维孔纪二千五百六十八年，岁次丁酉，九月庚辰朔，十八日丁酉，后学大韩国任龙淳，敢昭告于元公濂溪周先生：

伏以邈矣唐虞，尧舜传道。禹汤文武，以圣相绍。

至我孔圣，天纵夫子。道虽不行，传之万祀。

及夫孟殁，道统失传。世入长夜，千五百年。

此时老佛，横行天下。惑世诬民，害溢秦祸。

幸际此会，天降先生。吁彼舂陵，聊乡匹名。

天资拔萃，不由师传。洞彻河洛，独见道源。

乃本周易，大作图书。太极之上，无极加诸。

孔子未言，始乃阐发。越以道体，和盘托出。

与羲画卦，功可匹敌。千载绝学，于是复续。

乃传两程，吾道大明。若无前茅，孰开儒程。

於戏厥赐，允矣远广。天下后学，愈久弥仰。

顾今天下，异言犹盛。吾道反衰，长叹喝馨。

诞今千年，复建荐爵。幸嘉苾芬，冥佑来复。

尚飨！

【点评】

《濂溪书院复元奉安周先生文》写于 2017 年濂溪先生千年诞辰、濂溪书院重建之际，为安置濂溪先生神位而作。文章用四言韵文写成，每两句转韵。

　　任龙淳，号敬华，韩国儒林耆宿。生于1932年，师承从祖父任宪瓒（号敬石）受儒学之业，1979年建立忠清南道燕岐郡德星书院，任山长、财团法人、德星书院理事长。1988年创办忠清南道天安市龙岩书塾，收徒讲学。1994年创办忠清南道天安市正林书塾，收徒讲学。2008年创办忠清南道牙山市隐屏书塾，收徒讲学。

第十四讲

第一节　濂溪学与湖湘文化

濂溪先生是北宋初期著名的哲学家、思想家、教育家、文学家，是影响整个古代东亚五国近千年的宋明理学的开山人物，是继屈原之后，王夫之、曾国藩之前，湖南本土人杰中的佼佼者。

周濂溪是湖南永州道县人，又曾在今湖南境内任桂阳县令、永州通判、邵州知州、郴州知府，至今零陵朝阳岩、东安九龙岩还保存着周濂溪的石刻真迹。到南宋中期，王象之编纂《舆地纪胜》，已经将周濂溪列为乡土名流。其书卷五十八"荆湖南路·道州"有四处记载周濂溪，如说"濂溪在州城西三十里，周茂叔故居也"，"周濂溪祠堂在州学，胡铨为《记》。淳熙重建，张栻为《记》"。

近几年，在"湖湘文化十杰""湖南九章""湘学溯源媒体行""书香湖南"等活动中，周濂溪及其著作《太极图说》《通书》《爱莲说》，都有重要地位。

"湖湘文化十杰"周敦颐排名第一，"湖南九章"《爱莲说》排名第一。文选德主编的《湖湘文化读本》、刘建武主编的《湘学普及读本》，周敦颐均名列第一。朱汉民主编的《湖湘文化通史》以周敦颐为"湖湘学统"的第一位创立人。表明濂溪思想作为湖湘文化的重要名片，已成共识。

清人黄百家《宋元学案》说："孔孟而后，汉儒止有传经之学，性道微言之绝久矣！元公崛起，二程嗣之，又复横渠诸大儒辈出，圣学大昌。"

贺瑞麟《周子全书序》说："孔孟而后千有余年，圣人之道不传。道非不传也，以无传道之人耳。汉四百年得一董子，唐三百年得一韩子，皆不足与传斯道。至宋周子出，而始续其统，后世无异词焉。"

清末，大学问家叶德辉将鬻熊、屈原、周敦颐、王夫之四人并称，概括说："湘学肇于鬻熊，成于三闾；宋则濂溪为道学之宗，明则船山抱高蹈之节。"

民国时期，国学大师钱基博的《近百年湖南学风》将屈原、周敦颐二人并称，指出："天开人文，首出庶物，以润色河山，弁冕史册者，有两巨子焉"，"一为文学之鼻祖，一为理学之开山，万流景仰，人伦楷模"。

无锡国学专修学校黄光焘《湖南学派论略》一文也将屈原、周敦颐二人并列，说道："楚骚起辞赋之宗风，濂学导性理之先路。"

吴博夫《湖南民性》一书仍将屈原、周敦颐二人并列，说道："湖南文化，周之末，即有灵均出于其间，《离骚》诸篇，上追《诗雅》。及宋之世，又有茂叔，作《太极图说》《通书》，为赵宋理学开山之祖。两氏所作，炳炳烨烨，襄然为后世所宗。"

而历任尊经书院、思贤讲舍、船山书院山长王闿运所作楹联："吾道南来，原是濂溪一脉；大江东去，无非湘水余波"，更是明确以濂溪思想作为湖湘学术的基因与源泉，从而使得自古"南蛮"之地，有了"荆蛮邹鲁""潇湘洙泗"的美称。

两宋积贫积弱，儒家学术式微不振，周濂溪以其卓越的思想创新，开辟了宋明儒家的新形态，号称"道学宗主""道学渊源"。

儒家学派祖述尧舜，宪章文武，但自秦汉以降，世无大儒醇儒，唯有周濂溪挺生，方始成为继孔、孟之后的第三位圣人。后经二程、杨时、罗从彦、李侗，六传而至朱熹，

《周元公祠志》中的濂溪先生遗像

集大成而中兴，影响中国社会近千年之久，文教被于四海，远播朝鲜、越南、日

本、琉球，有所谓"同文同伦""文明五国"之称。

两宋时期，程珦父子、潘兴嗣、蒲宗孟、度正、黄庭坚、朱子、吕祖谦、魏了翁、胡宏、张栻等人，都对濂溪先生的学术思想加以推崇，特别是朱子编纂《伊洛渊源录》和《近思录》，突出周濂溪、程颢、程颐、邵雍、张载五人，即"北宋五子"，创建了理学道统。这一认识集中体现在《宋史·道学传》中。

《道学传》如是论定："孔子没，曾子独得其传，传之子思以及孟子，孟子没而无传。两汉而下，儒者之论大道，察焉而弗精，语焉而弗详，异端邪说起而乘之，几至大坏。千有馀载，至宋中叶，周敦颐出于舂陵，乃得圣贤不传之学。"

学者对于儒家道统的概括，最早为《中庸》，其中说："仲尼祖述尧舜，宪章文武。"

其次为《汉书·艺文志》。其中说："儒家者流，游文于六经之中，留意于仁义之际，祖述尧舜，宪章文武，宗师仲尼。"

再次为韩愈《原道》，其中说："斯道也，何道也？曰：尧以是传之舜，舜以是传之禹，禹以是传之汤，汤以是传之文、武、周公，文、武、周公传之孔子，孔子传之孟轲。轲之死，不得其传焉。"

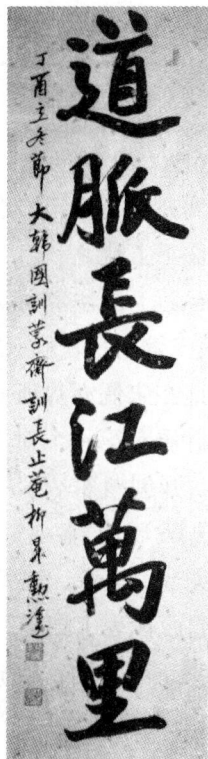

柳昇勋榜书

其后即为《道学传》，其中说："文王、周公既没，孔子有德无位"，"孔子没，曾子独得其传，传之子思，以及孟子，孟子没而无传"。

可见周敦颐在两宋理学道统的构建中，起着关键性的"道统枢纽"的作用。

钱穆《朱子学术述评》说道："韩愈《原道》，始明为儒家创传统，由尧、舜以及于孟子。下及北宋初期，言儒学传统，大率举孔子、孟、荀以下，及于董仲舒、扬雄、王通、韩愈。惟第二期宋学，即所谓理学诸儒，则颇已超越董、扬、王、韩，并于荀卿亦多不满。朱子承之，始确然摆脱荀卿、董、扬以下，而以周、张、二程直接孟子。第二期宋学，即所谓理学者，亦始确然占得新儒学中之正统地位。"

儒学的发展应时而变，在不同的时代呈现为不同的形态。夏商周三代是一形态，即王官之学。晚周是一形态，即诸子之学。

晚周孔孟之后，汉儒承秦火余烬，故有古文经学，以收拾残篇，而倡实事求是，又有今文经学，录口耳之传而为书，亦以保存文献为急，而倡微言大义。此在汉代亦势所必至，不得已也。

唐儒以南朝之典章，合于北朝之经术，一统之下，不仅汇纂《五经正义》，而且汇纂《唐六典》《通典》《唐律疏义》《大唐开元礼》《元和郡县图志》，皆集大成。此在唐儒亦势所必至，不得已也。

宋儒承五代之丧乱，内则佛道二教相逼，外则辽、金、西夏、蒙古四夷相迫，又去古已远，取法周礼而不得，取法汉制、唐制亦不能，故专注于反躬内心，言理、言道、言心、言性，反而凌越汉唐而上之，而终能传承三代四代尧舜禹汤文武之道。此在宋儒亦势所必至，不得已也。

周濂溪是第一个对中国传统文化产生重大影响的湖湘学人。他上承孔孟，下启程朱，开创湖湘学术的新形态，与孔孟、程朱具有同等的重要地位，是宋以后中国思想发展的"源头活水"。

如果说，炎帝、舜帝、贾谊、柳宗元代表了湖湘文化中的"过化""寓贤"元素，鬻熊、屈原代表了湖南、湖北"楚文化"的共同元素，那么，周濂溪、王夫之、曾国藩则是真正本土的古代湖南"湘楚文明史"中最优秀、最典型的代表。

周濂溪说过："圣希天，贤希圣，士希贤。"中国人文传统的本质是"礼乐文明"，儒家文化的本质是"圣贤文化"。

圣人是传统文明的开创者，贤人是传统文明的继承者。"圣贤"就是用自己的发明创造和深邃思想照亮人类进程的人。《周礼》说："知者创物，巧者述之，守之世，谓之工。百工之事，皆圣人之作也。"能创兴称为"作"、称为"智者"，这样的人叫作圣人；能继承称为"述"，称为"巧者"，这样的人叫作贤人。用今天的话语说，圣人就是最好的发明家、最好的劳动能手。由于这些人的不懈努力，以死勤事，以劳定国，孜孜矻矻，鞠躬尽瘁，使得人群在比较长久的一个时期之内，点亮思想的明灯，这明灯照亮了人群的前途，施之于民，能捍大患，能御大灾，使得人类的文化事业"博也厚也，高也明也，悠也久也"，经久不息，传之久远，古代称之为"圣贤之道"。

"道学"之名，自古所无。"理学"之名，也是自古所无。"道学""理学""心学""性理学"等名称，都是两宋大儒面对当时价值观念中出现的问题重新提出来的命题。因应社会问题、因应时代变化而重新提出命题，这是真正的创兴。真正能够创兴，从而给一个时代带来思想的光明的人，叫作"圣人"。

　　清戴殿江《金华理学粹编》卷一《理学先声·范香溪先生传》："殿江又案：
'程子之学，龟山得之而南，传之豫章罗氏，罗氏传之延平李氏，李氏传之朱子，
此其一派也。上蔡传之武夷胡氏，胡氏传之五峰，五峰传之南轩张氏，此又一
派也。'"

　　湖湘文化，源远流长，有肇端，有源流，有清晰的主题和主线。研究湖湘文
化，应当注重提升主题、提炼主线。濂溪学、湘学、理学、儒学的研究，与经学、
国学相接，学术视域最为博大，思想内涵最为丰富。诚如朱汉民教授所指出，楚
之屈原为文学鼻祖，代表湖湘的"文统"；宋之周敦颐为理学开山，代表湖湘的
"学统"。

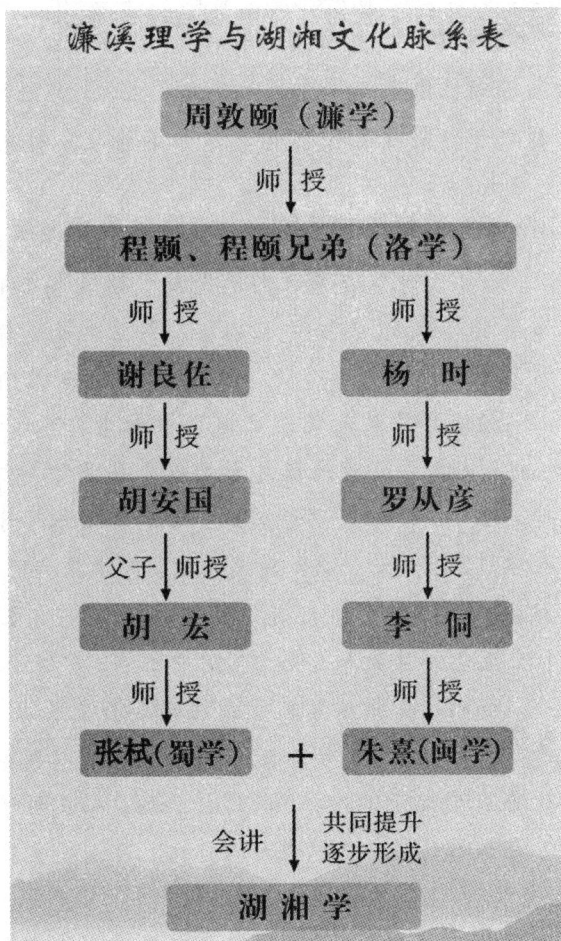

濂溪理学与湖湘文化脉系表

周敦颐（濂学）
　师│授
程颢、程颐兄弟（洛学）
　师│授　　　　　　师│授
谢良佐　　　　　　杨时
　师│授　　　　　　师│授
胡安国　　　　　　罗从彦
　父子│师授　　　　师│授
胡宏　　　　　　　李侗
　师│授　　　　　　师│授
张栻(蜀学)　＋　　朱熹(闽学)
会讲│共同提升逐步形成
湖湘学

第二节　名篇诵读

《道州重建先生祠记》

张　栻

宋有天下，明圣相继，承平日久，元气胥会，至昭陵（仁宗）之世盛矣。宗师巨儒，磊落相望。于是时，濂溪先生实出于春陵焉。先生姓周，字茂叔。晚筑庐山之下，以濂名其溪，故世称为濂溪先生。春陵之人言曰："濂溪，吾乡之里名也，先生世家其间，及寓于他邦，而不忘其所自生，故亦以是名溪，而世或未之知耳。"惟先生仕不大显于时，其泽不得究施。然世之学者，考论师友渊源，以孔孟之遗意，复明于千载之下，实自先生发其端。由是推之，则先生之泽，其何有穷哉！

盖自孔孟没，而其微言仅存于简编。更秦火之余，汉世儒者号为穷经学古，不过求于训诂章句之间，其于文义不能无时有所益。然大本之不究，圣贤之心郁而不章，而又有专从事于文辞者，其去古益以远。经生文士，自歧为二途。及夫措之当世，施于事为，则又出于功利之末。智力之所营，若无所与于书者。于是有异端者，乘间而入，横流于中国。儒而言道德性命者，不入于老，则入于释。间有希世杰出之贤，攘臂排之，而其为说复未足以尽吾儒之指归，故不足以抑其澜，而或反以激其势。嗟乎！言学而莫适其序，言治而不本于学，言道德性命而流入于虚诞，吾儒之学，其果如是乎哉？陵夷至此，亦云极矣！

及吾先生起于远方，乃超然有所自得于其心，本乎《易》之太极、《中庸》之诚，以极乎天地万物之变化。其教人，使之志伊尹之志，学颜子之学。推之于治，先王之礼乐刑政，可举而行，如指诸掌。于是河南二程先生兄弟，从而得其说，推明究极之，广大精微，殆无余蕴。学者始知夫孔孟之所以教盖在此，而不在乎他。学可以至于圣，治不可以不本于学。而道德性命，初不外乎日用之实，而于致知力行具有条理。而诐邪淫遁之说，皆无以自隐。可谓盛矣！然则先生发端之功，顾不大哉？

春陵之学，旧有先生祠，实绍兴某年向侯子忞所建。至于今淳熙五年，赵侯汝谊以其地之狭也，下车之始，即议更度之。为堂四楹，并二程先生之像列于其中。规摹周密，称其尊事之实。既成，使来谒记。栻谓先生之祠，凡学皆当有之，岂惟舂陵？特在舂陵，尤所当先者。赵侯之举，知急务矣，故为之论述如此，以告后之人。

【点评】

张栻，字敬夫，一字钦夫，号南轩，世称南轩先生。四川绵竹人，南宋中兴名相张浚之子。

张栻为胡宏（号五峰）弟子，胡宏之父胡安国（谥文定）则为谢良佐、杨时弟子，要之皆为周、程一脉之传。张栻与朱子、吕祖谦推尊理学，时称"东南三贤"。又与朱子在岳麓书院会讲，史称"朱张会讲"，弟子千人，"湖湘学派"由此鼎盛。

张栻随父谪居永州前后十余年，今存张浚故居，有紫岩仙井。

"光风霁月"榜书

第十五讲

第一节　周濂溪的无极哲学

一、道路自信、理论自信、制度自信要"用心"

2014 年 1 月 14 日习总书记《在十八届中央纪委第三次全体会议上的讲话》说："古人说：'一心可以丧邦，一心可以兴邦，只在公私之间尔。'"

《河南程氏遗书》卷第十一载程颢此语，朱熹作《论语章句集注》加以引用，表明公心与私心的极大差别。或公或私，裁断于心，但不是"唯心"。

习总书记《在十八届中央纪委第三次全体会议上的讲话》又提到，朱熹在漳州任知府时，曾在白云岩题写楹联："地位清高，日月每从肩上过；门庭开豁，江山常在掌中看。"

唐人李忱《百丈山》诗："大雄真迹枕危峦，梵宇层楼耸万般。日月每从肩上过，山河长在掌中看。"日月在肩，江山在掌，主观的感觉是日月、江山亲切友好。

2016 年 1 月 12 日，习总书记《在第十八届中央纪委第六次全体会议上的讲话》引用王阳明、龚自珍之语，说道："'身之主宰便是心'；'不能胜寸心，安能胜苍穹'。'本'在人心，内心净化、志向高远便力量无穷。对共产党人来讲，动摇了信仰，背离了党性，丢掉了宗旨，就可能在'围猎'中被人捕获。只有在立根固本上下功夫，才能防止歪风邪气近身附体。"

《传习录》记载王阳明曰："身之主宰便是心，心之所发便是意，意之本体便

是知，意之所在便是物。"人的内心
与宇宙万物原本互相关联，两两照
应。龚自珍《丁亥·自春徂秋，偶
有所触，拉杂之，漫不诠之，得十
五首》其一："不能胜寸心，安能胜
苍穹。"对志向高远的民族伟业而
言，发挥人的主观能动性是非常重
要的。

2013 年 6 月 28 日，习总书记
《在全国组织工作会议上的讲话》说
道："理想信念就是人的志向。古
人说：'志之所趋，无远弗届，穷山
距海，不能限也。志之所向，无坚
不入，锐兵精甲，不能御也。'"

宋真德秀《西山文集》卷三十三
《志道字说》："夫志者，心之用也。
心无不正，而其用则有正邪之分。
……志者进德之基，若圣若贤，莫

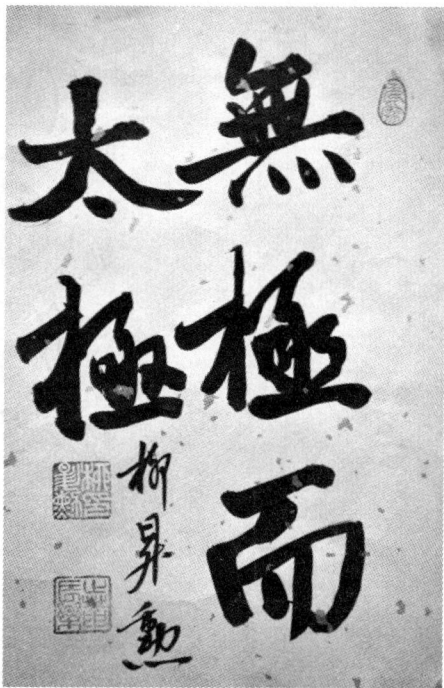

"无极而太极"榜书

不发轫乎此。志之所趋，无远不达，穷山巨海，不能限也。志之所向，无坚不入，
锐兵精甲，不能御也。"

从目的论的角度而言，人类归根结底要不断发展人类自身的能力，要谋求人
类社会的共同利益和人人幸福。周敦颐的哲学思想也是一样，他的《通书》对于
"人极"实际上投入了更多的关注，表现出一种人文主义立场，这也是儒家"仁学"
的一贯精神。"仁者以天地万物为一体，莫非己也"，怕就怕"麻木不仁"，怕就怕
冰冷的物质主义、对万物苍生渺无关怀。

二、濂溪先生《太极图》

周濂溪哲学思想的代表作有《太极图》和《太极图说》。

《太极图》共五层，自下而上分别是：

（1）万物化生。提出"万物"这一总谓的概念，表达着最大范围的关怀。万物
一体，万物平等，万物无不相互关联；万物均有生命，万物都体现"道"。上承子

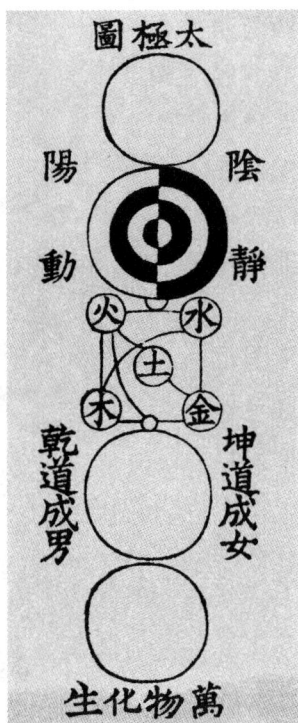

宋本《元公周先生濂溪集》中的《太极图》

思《中庸》的"赞天地之化育"，下启张载《西铭》的"民胞物与"。

在图像上，这一层代表宇宙万物的实存，是最具有感性的表象层面，应当有充盈饱满之象，应当完全涂实。传本作空白的圆形，是受刻版的局限。

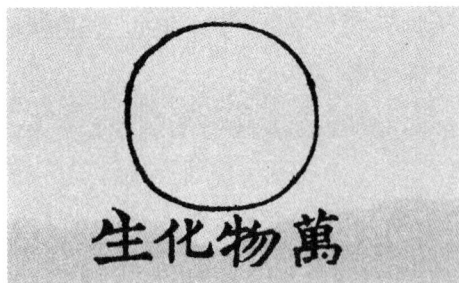

《太极图》第五层

（2）坤道成女，乾道成男。提出宇宙万物均可以区分为阴阳两类。男女亦即阴阳，阴阳彼此依赖而存在。因此男女平等，各得其分。

坤道乾道，对应着阴静阳动。坤与阴虽然是受动的，但却排序在乾与阳之前，因为坤与阴更加接近宇宙万物的本原，所以周敦颐"主静"。

在图像上，这一层专门表达阴阳，传本空白的圆形中间，宜有一条均等的划线，如后世"阴阳鱼"的S形划线。

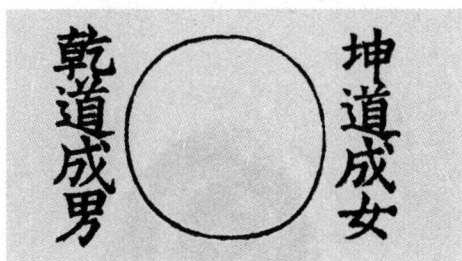

《太极图》第四层

（3）水火木金土。提出宇宙万物的构成基于五种元素的主张，在《易经》在两仪系统中融入五行系统，构成所谓"二五之精"。"行"即"道"，五行就是"天道"运行的五个阶段。金是西方之行，木是东方之行，火是西方之行，水是北方之行，金木火水亦即东南西北，亦即春夏秋冬。所以由水（绕过土）到木，由木到火，由火（绕过土）到金，由金返回水，土则居中不动，由此构成春夏秋冬，四时顺布。天道四时嬗替，五行各一其性，人类、万物的化生不仅原于阴阳，而且基于五行，意味着承认宇宙万物的运动性、多样性、复杂性。

在图像上，这一层应当仍为完整的圆形，五行、四时均统一于天道之内。传本或呈方形，或呈六边形，没有包裹以圆形，当是由于表达之误。

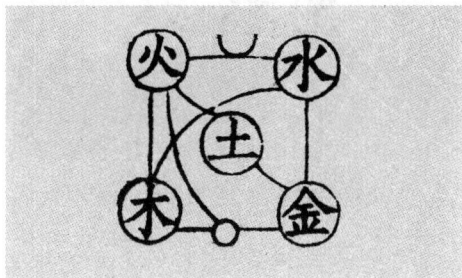

《太极图》第三层

（4）阴静阳动。提出宇宙万物是以阴、阳为基本元素的最大范围的统一体。阴阳对立而统一，各自以对方的存在作为自己存在的依据。阴阳相互环抱，互为首尾，你中有我，我中有你。阴阳一刚一柔，一主动一受动，相互运动与相互作用，推动着宇宙的发展变化。

在图像上，这一层中分为两半，阴阳各半；又细分为四个同心圆，亦阴阳各半。传本中间的圆形为纯白，不分阴阳，有误，宋本为阴阳各半。四圆，完整体现阴阳相抱，动静相接。若是纯白，则与第5层重复。

《太极图》第二层

（5）无名的圆框。宇宙万物的存在，是一个完整的整体，就其最大范围的包涵而言，犹如混沌。宇宙万物的性质，也只有一个共同的性质，即物质性。所以宇宙又统称为"万物"，又称为"万有""大有"，《易经》则称为"太极"。"太极"即是"大极"，即是最大范围的宇宙存在。而最大范围的宇宙存在是绝对的，绝对的宇宙存在是无可描述的，所以称为"无极"。

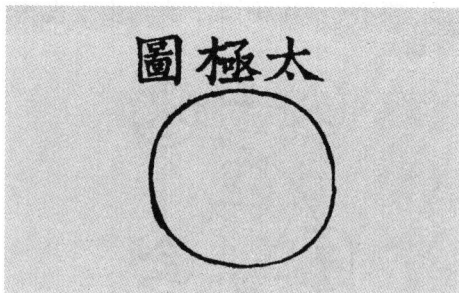

《太极图》第一层

"书不尽言，图不尽意。"宇宙本原在哲学上是存在的，在物理上也是存在的，然而却是难以描述的，所以人类的认知会由物理的层面上升到形上的层面，即所谓"形而上者谓之道，形而下者谓之器"。（其原理有如《老子》所说"道可道，非常道"。）

确定宇宙万物是整体性的存在，故称之为"太极"。确定宇宙万物整体存在的绝对性，故称之为"无极"。"太极""无极"是两个不同的概念，而表述的则是同一个宇宙。换言之，表述同一个宇宙，需要用两个不同的概念。（朱子认为"太极"已经具备"无形""无方所顿放""无限""无名""无以加""一画亦未有""无声臭之可言"的性质，所以可以再创"无极"的概念。朱子认为"无极"概念由周敦颐自创，陆九渊认为"无极"概念源于道家老子。从微观一面看，儒家内部讲究醇之又醇，精而又精，所有概念均不与道家、佛教混杂；从宏观一面看，儒家、道家莫不是中国优秀文化传统，在思维上有所借鉴是必然之事，纠缠过甚其实无必要。）

"太极""无极"看似两个不同的概念，其实只是同一个内容，所以"无极"又是"太极"，"太极"就是"无极"。故"无极而太极""太极本无极"。（"无极而太极"一语，另有"自无极而为太极""无极而生太极"两种版本，朱子之所以坚持认为"无极而太极"的表述最为合理，正是要说明"无极""太极"本是一个、不可视为两个的原理。）

"《易》以道阴阳。"《易经》的基本概念是阴阳，而阴阳是相对的概念，只可互为消长，不可互相取代。周濂溪《太极图》与《太极图说》的最高概念却是无极、太极，无极、太极是绝对的概念，因此无极就是太极，太极就是无极，无极、太极是完全同一的。《易经》揭示了"阴""阳"构成同一的宇宙整体，《太极图》与《太极图说》则是强调了宇宙整体的绝对性。

"不言无极，则太极同于一物，而不足为万化之根；不言太极，则无极沦于空寂，而不能为万化之根。"有"太极"而无"无极"，不免"一统就死"；有"无极"而无"太极"，不免"不统就乱"。

由此可见，"无极""太极"是对"阴""阳"的超越，是更加彻底的一元论。"无极"是绝对而无可描述的，意味着宇宙万物具有无限可能的发展变化。

在图像上，这一层有传本标出"无极而太极"，其实宋本并无一字。"太极"固然可以绘作圆形而涂实，但"无极"不仅不可涂实，甚至就连浅细的圆形边框都不可绘出。绘出边框，只是为了表达的权宜。

三、"太极—无极"的哲学思想

人类具有认识宇宙的能力。就客体方面而言，宇宙是客观存在的；就主体方面而言，人类对于宇宙的认识不能脱离人类自身的思想。客体、主体这两个方面，是一事之两面，是统一的整体。周濂溪的哲学思想，近代、当代学者或称之为"濂溪哲学""太极哲学"。但周濂溪的哲学贡献，突出表现为"无极"这一概念，应当称之为"无极哲学"，若完整地看，也可以称之为"太极—无极"哲学。其主张是将宇宙视为一个完整的整体，无极与太极、太极与人极，均统一为一个整体。

周濂溪的哲学思想是统一了客观的宇宙真理与主观的人类精神的整体观哲学。"太极—无极"哲学是彻底的一元论，是物心合一、天人合一，是全面、整体、无一遗漏地看待世界。

《太极图》和《太极图说》是象数和义理结合的表达，也是对宇宙万物和人类社会最简明的表达，因而也最能代表中国固有的整体性的思维方式。

总之，《太极图》各层的圆形，表达的是宇宙万物为一个整体，完整无缺。

儒家哲学上的"无极—太极"一元论，对应着儒家历史学上的"《春秋》大一统"。近代以来，史学家褒扬国家统一，而哲学家褒扬百家争鸣，史学与哲学分途，表明史、哲二科均未达于一间。

《太极图》的五层，分别代表着宇宙万物发展变化的五个阶段。五层之间有连线，表明五层相互连贯。宇宙万物的发展变化当然是一个整体，因此五层图绘需要上下叠加。分层绘图，如同一个圆柱体，是为了理解的需要。

因此，周敦颐的哲学思想，一言以蔽之，就是绝对的整体、绝对的同一。

周濂溪的哲学思想是一元论，不是二元论。二元论意味着宇宙的分裂和不可知，僵死而无变化。一元论意味着世界是统一的，万物有共同本质，宇宙有共同规律，宇宙一切现象最终都可以得到解释。

第二节　名篇诵读

《答杨子直方书》(节选)

朱　子

承喻"太极"之说，足见用力之勤，深所叹仰。然鄙意多所未安，今且略论其一二大者，而其曲折则托季通言之。

盖天地之间，只有动静两端，循环不已，更无余事，此之谓"易"。而其动其静，则必有所以动静之理焉，是则所谓"太极"者也。圣人既指其实而名之，周子又为之图以象之，其所以发明表著，可谓无余蕴矣。原"极"之所以得名，盖取"枢极"之义，圣人谓之"太极"者，所以指夫天地万物之根也。周子因之而又谓之"无极"者，所以著夫无声无臭之妙也。然曰"无极而太极""太极本无极"，则非"无极"之后别生"太极"、而"太极"之上先有"无极"也。又曰"五行阴阳""阴阳太极"，则非"太极"之后别生"二五"、而"二五"之上先有"太极"也。以至于"成男成女""化生万物"，而"无极"之妙盖未始不在是焉。此一《图》之纲领，《大易》之遗意，与老子所谓"物生于有""有生于无"，而以造化为真有始终者，正南北矣。

来喻乃欲一之，所以于此《图》之说，多所乖碍，而不得其理也。熹向以"太极为体，动静为用"。其言固有病，后已改之曰："太极者本然之妙也，动静者所乘之机也。"此则庶几近之。来喻疑于体用之云，甚当，但所以疑之之说，则与熹之所以改之之意，又若不相似然。盖谓"太极"含动静，则可以本体而言也。谓"太极"有动静，则可以流行而言也。若谓"太极"便是动静，则是形而上下者不可分，而"易有太极"之言亦赘矣。

其他则季通论之已极精详且当，就此虚心求之，久当自明，不可别生疑虑，徒自缴绕也。

【点评】

杨方，字子直，号淡轩老叟，福建长汀人，朱子门人，《朱子文集》有《答杨子直》书信五通，此为其中一通。

　　书中所称的"季通"，即蔡元定，字季通，学者称为西山先生，福建建阳人。精通易学，

　　蔡元定于书无所不读，于事无所不究。义理洞见大原，下至图书、礼乐、制度，无不精妙。古书奇辞奥义，人所不能晓者，一过目辄解。朱子尝曰："人读易书难，季通读难书易。"

　　蔡元定与朱子在师友之间。尝闻朱子之名，往师之。朱子扣其学，大惊曰："此吾老友也，不当在弟子列。"遂与对榻讲论诸经奥义，每至夜分。

　　韩侂胄专权，攻诋朱子，连及蔡元定，贬谪道州，蔡元定闻命不辞家即就道，同其子蔡沈杖屦行三千里，脚为流血。至道州，远近来学者日众，士子莫不趋席下，以听讲说。后卒于道州，蔡沈徒步护丧以还。

朱子画像

第十六讲

第一节　濂溪理学与《近思录》

《近思录》是朱子为建立儒家道统而编撰的著作。此书由朱子、吕祖谦共同编订，依次辑录北宋著名理学家周濂溪、程明道、程伊川、张横渠四人的有关言论和事迹，同时也反映了编选者朱子、吕祖谦自己的思想。它既是一部四人的语录，也是一部反映着六人的共同思想的精华录。宋元明清时期，《近思录》是影响最大最广的入门性、阶梯性的学术书。

一、"近思"的含义

《近思录》的题名，取自孔子弟子子夏的一句话。《论语·子张》说："子夏曰：'博学而笃志，切问而近思，仁在其中矣。'""近"之一字，可以解释为开始、开端。在儒家学说中，具体有两层含义。第一，有由下而上亦即由明人事到明天理的含义。学习是要自下而上，循序渐进。孔子说："莫我知也夫！……不怨天，不尤人，下学而上达，知我者其天乎！""下"是形下之器，指人事；"上"是形上之道，指天理。孔子又说："君子上达，小人下达。"不学习的人只有下达，没有上达；经过了学习的人便应该由下达提升而至上达。第二，有由近而远亦即由自身到社会的含义。孔子说："古者包羲（伏羲）氏之王天下也，仰则观象于天，俯则观法于地，观鸟兽之文，与地之宜，近取诸身，远取诸物，于是始作八卦，以通神明之德，以类万物之情。"身外之物，不论远近，其实都可以和自身取得关联。万

《近思录集解》扉页

物乃至神明都有本心、有情由，都可以由反观自身得到了解。孟子说："万物皆备于我矣。反身而诚，乐莫大焉；强恕而行，求仁莫近焉。"能够凡事推己及人，那么距离获知天下公理也就不远了。《大学》说："物有本末，事有终始，知所先后，则近道矣。"譬如要想平天下，先要治国；要想治国，先要齐家；要想齐家，先要修身。"自天子以至于庶人，壹是皆以修身为本。"《中庸》也说："君子之道：本诸身，征诸庶民，考诸三王而不缪，建诸天地而不悖，质诸鬼神而无疑，百世以俟圣人而不惑。"朱熹说："《近思录》一书，无不切人身、救人病者。"要之，所有的社会作为、政治功业，一切的宏图远谋，都需要由自身开始。

　　从出典来看，"近思"阐述的是学习过程中的博学、笃志、切问、近思这四个途径。可是《中庸》里有一句著名的话："博学之，审问之，慎思之，明辨之，笃行之"，讲的却是五个途径。清初张伯行《近思录集解》将这五个途径理解得极好，他说："五者有实义，有实功，有次第，有缓急……古今为学工夫，不能出此五者。"将《论语》里的四事与《中庸》里的五事做一排比，则知后者多出了一个"行"的"次第"。"行"不等于"学"，但却寓含于"学"之中，所以"近思"也暗含着"行"的意思。学习暗含着推行仁道，所以孔子说，"仁在其中矣"。

"近思"不是只停留在近处，而是由近及远，所以重在通彻。程颐说，"近思""便是彻上彻下之道"。弟子问："如何是近思？"程颐回答："以类而推。"彻上彻下意谓上下通彻，以类而推意谓模拟而推行。懂得类推，就可以无远不近，无事不统，所以朱熹盛赞说："程子说的'推'字极好。"

"类推"的方法，恰如"为子则当止于孝，为臣当止于忠"，千头万绪，皆可类推而得，这方法可以说是最方便最简易了。弟子问："程子曰：'近思，以类而推。'何谓类推？"朱子回答："此语道得好！不要跳越望远，亦不是纵横陡顿，只是就这里近傍那晓得处挨将去。如这一件事理会得透了，又因这件事推去做那一件事，知得亦是恁地。如识得这灯有许多光，便因这灯推将去，识得那烛亦恁地光。如升阶，升第一级了，便因这一级进到第二级，又因第三级进到四级。只管恁地挨将去，只管见易，不见其难，前面远处只管会近。若第一级便要跳到第三级，举步阔了便费力，只管见难，只管见远。如要去建宁，须从第一铺，便去到柳营江，柳营江便去到鱼峄驿。只管恁地去，这处进得一程，那处又减得一程。如此，虽长安亦可到矣。如读书，读第一段了，便到第二段；第二段了，便到第三段。只管挨将去，次第都能理会得。如理会得亲亲，便推类去仁民，仁民是亲亲之类。理会得仁民，便推类去爱物，爱物是仁民之类。如'刑于寡妻'，便推类去'至于兄弟'；'至于兄弟'，便推类去'御于家邦'。如修身，便推去齐家；齐家，便推去治国。只是一步了，又一步。《学记》谓：'善问者，如攻坚木，先其易者，后其节目。'此说甚好。须是先就四边旋旋抉了软处，中央硬底自走不得。"这一大段比喻，生动说明了"类推"方法的运用，而《近思录》的编纂目的，亦正在于为初学者提供"类推"的第一级阶梯，如朱熹《后序》所说："盖凡学者所以求端用力，处己治人之要，与所以夫辨异端，观圣贤之大略，皆粗见其梗概。以为穷乡晚进有志于学，而无明师良友以先后之者，诚得此而玩心焉，亦足以得其门而入矣。"

"近思"还有躬亲的意思，即凡事主张身体力行，以身作则。高明的道理往往简易，简易的道理大家都懂，问题的关键还在于依循道理去行去做。《尚书·说命中》："非知之艰，行之惟艰。"由此而言，做到"近思"其实又最难。朱子说："今人不曾以类而推，盖谓不曾先理会得一件，却理会一件。若理会得一件，逐件件推将去，相次亦不难，须是劈初头要理会教分晓透彻。且如煮物事，合下便用慢火养，便似煮肉，却煮得顽了，越不能得软。正如义理，只理会得三二分，便道只恁地得了，却不知前面撞头磕脑。人心里若是思索得到时，遇事自不难。须是将心来一如鏖战一番，见行阵，便自然向前得去，如何不教心经履这辛苦。若是经一番，便自知得许多路道，方透彻。"这一点，亦如编纂者之一的吕祖谦《近思录后序》所说："所载讲学之方，日用躬行之实，具有科级。循是而进，自卑升高，自近及远，庶几不失纂集之指。若乃厌卑近而骛高远，躐等陵节流于空虚，迄无所依据，则岂所谓近思者耶?"由己及人，学以致用，这确是儒家学说人文精神的精华所在。

"近思"还有一层含义，就是认为新时代学术之兴立当由北宋开始，以宋五子为根基，进而越过汉唐，上溯诸子，直追孔孟。朱子说："《近思录》是近来人说话，便较切。"《近思录》的编纂，实际上是朱子竭尽一生推进理学的第一步。

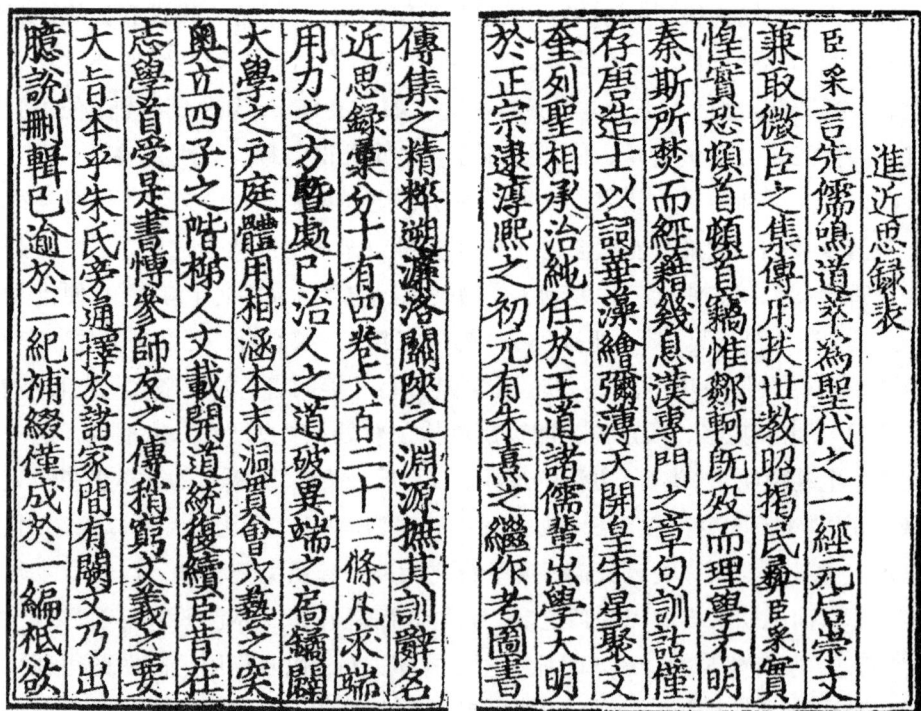

元刻本《近思录》书影

二、《近思录》各卷大意

《近思录》全书六百二十二条语录是分类编纂的，共分为十四类，每类厘为一卷，共十四卷。南宋叶采概括各卷的标题和内容，说道：

卷一《道体》："此卷论性之本原，道之体统，盖学问之纲领也。"

儒家教学读书，最讲究因材施教，循序而进，不躐等，不陵节，经传注疏，原原委委。至程朱时立书院教授，尤其注重根基门径，先后次第，遂使理学很快成为一有体系的学问。《近思录》的编纂也是如此，全书各卷无不体现着"次第"的意图。所谓万事开头，先要讲明道体，以总摄人生，所以第一卷是《道体》。

卷二《为学》："此卷总论为学之要。盖尊德性矣，必道问学。明乎道体，知所指归，斯可究为学之大凡矣。"

明白道体，然后就懂得学习的重要性，儒家自孔孟荀以至汉唐诸子，无论主张性善性恶都首重"劝学"，所以第二卷是《为学》。

卷三《致知》："此卷论致知。知之至，而后有以行之，自首段至二十二段，总论致知之方。然致知莫大于读书，二十三段至三十三段，总论读书之法。三十四段以后，乃分论读书之法，而以书之先后为序。始于《大学》，使知为学之规模次序，而后继之以《论》《孟》《诗》《书》。义理充足于中，则可探大本一原之妙，故继之以《中庸》。达乎本原，则可以穷神知化，故继之以《易》。理之明，义之精，而达乎造化之蕴，则可以识圣人之大用，故继之以《春秋》。明乎《春秋》之用，则可推以观史，而辨其是非得失之致矣。《横渠易说》以下，则仍语录之序，而《周官》之义因以具焉。"

懂得学习的重要性，就会产生读书求知的需要，而经传注疏各有次序，慎思审问都有方法，所以第三卷是《致知》。

卷四《存养》："此卷论存养。盖穷格之虽至，而涵养之不足，则其知将日昏，而亦何以为力行之地哉！故存养之功，实贯乎知行，而此卷之编，列乎二者之间也。"

儒家主张"学以为己"，最反对"记问之学"，而倡导"反躬自省"，书读得熟了以后，该要藏焉修焉，息焉游焉，优柔厌饫，切磋沉潜，所以第四卷是《存养》。

卷五《克治》："此卷论力行。盖穷理既明，涵养既厚，即推于行己之间，尤当尽其克治之功也。"

学习的最终目的是为了行。儒家学不外行，"学至于行而止矣"，既读了书，又能反躬自省，下一步就要力行，所以第五卷是《克治》。

卷六《家道》："此卷论齐家。盖克己之功既至，则施之家，而家可齐矣。"

古人十岁曰幼而学，三十曰壮而有室，四十曰强而仕，所谓"十有五而志于学，三十而立，四十而不惑"，在读书、反躬、力行之后，就可以经营家室，所以第六卷是《家道》。

卷七《出处》："此卷论出处之道。盖身既修，家既齐，则可以仕矣。然去就取舍，惟义之从，所当审处也。"

古人以家事国事为一体，所谓"刑于寡妻，至于兄弟，以御于家邦"，果然三十能立，就可以学优而仕，而出仕先要明了世事人情，审时度势，自处于中道，所以第七卷是《出处》。

卷八《治体》："此卷论治道，盖明乎出处之义，则于治道之纲领不可不求讲明之。一旦得时行道，则举而措之耳。"

懂得了自处，又可以利人，该要手援天下，济国济民，这就首先要清楚治道，明白大体，所以第八卷是《治体》。

卷九《治法》："此卷论治法，盖治本虽立，而治具不容缺，礼乐政刑有一而未备，未足以成极治之功也。"

明白了治道之大体，还要能具体而微，长于法术，足于策略，所以第九卷是《治法》。

卷十《政事》："此卷论临政处事，盖明乎治道而通乎治法，则施于有政矣。凡居官任职，事上抚下，待同列，选贤才，处世之道具焉。"

孔子称"人之道，政为大"，立国须有规模，为政务出淳厚，正德、利用、厚生，总称"三事"，所谓"德惟善政，政在养民"，而载舟覆舟，不可不慎，所以第十卷是《政事》。

卷十一《教学》："此卷论教人之道，盖君子进则推斯道以觉天下，退则明斯道以淑其徒，所谓得英才而教育之，即新民之事也。"

既能治学，又知为政，老而致仕，要当以教学育人为己任，如孔子"退而修《诗》《书》《礼》《乐》，弟子弥众，至自远方，莫不受业"之例，而孟子亦以"得天下英才而教育之"为乐，所以第十一卷是《教学》。

卷十二《警戒》："此卷论戒谨之道。修己治人，常存警省之意，不然，则私欲易萌，善日消而恶日积矣。"

君子以天下为怀，勇于改过，清洁自守，善始善终，所以第十二卷是《警戒》。

卷十三《辨别异端》："此卷辨异端。盖君子之学虽已至，然异端之辨尤不可以不明，苟于此有毫厘之未辨，则贻害于人心者甚矣。"

儒家治学，讲究醇而不杂，所谓"极高明而道中庸"，"辨异端而辟邪说"，为的是不失根本而传之久远，"天地之道，博也厚也，高也明也，悠也久也"，故凡大儒均以传道、阐道为职志，而以溯源导流为当然之理，所以第十三卷是《辨别异端》。

　　卷十四《圣贤气象》："此卷论圣贤相传之统，而诸子附焉。断自唐尧虞舜禹汤文武周公，道统相传，至于孔子。孔子传之颜曾，曾子传之子思，子思传之孟子，遂无传焉。楚有荀卿，汉有毛苌、董仲舒、扬雄、诸葛亮，隋有王通，唐有韩愈，虽未能传斯道之统，然其立言立事，有补于世教，皆所当考也。迨于宋朝，人文再辟，则周子唱之，二程张子推广之，而圣学复明，道统复续，故备著之。"

　　儒家所谓"仁道"亦可解释为人道、人文，而做人当以圣贤自期，以君子自处，"圣希天，贤希圣，士希贤，志伊尹之所志，学颜子之所学"，儒家以君子圣贤为最高境界，所以第十四卷是《圣贤气象》。

　　总之，全书十四卷首尾相济，次第整齐，体现着明显的递进关系。

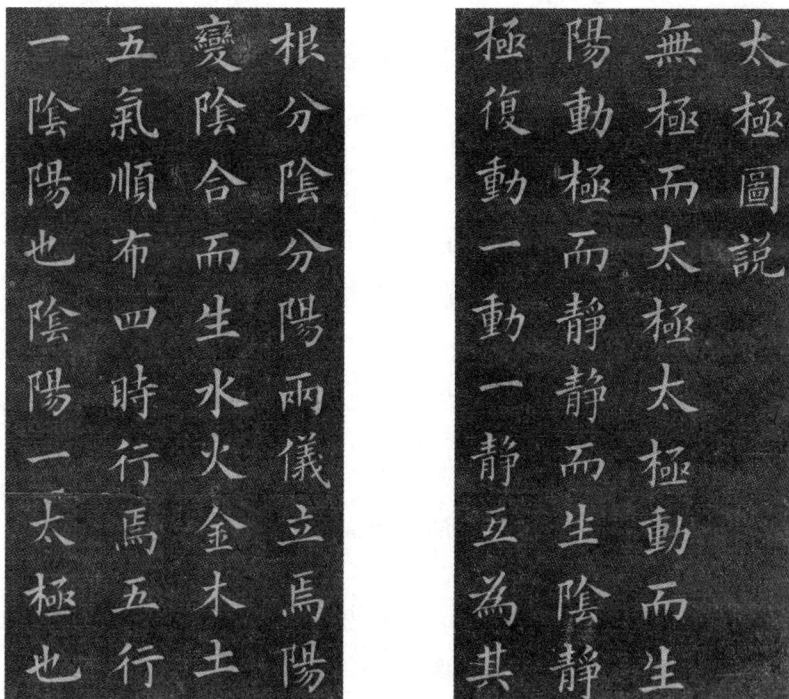

贾瑜书《太极图说》（局部）

三、《近思录》与儒家道统的重建

朱子是使儒学在宋明时期重新复兴最为关键的一个人物，从儒家道统的构建与强化一面来说，他的地位和贡献足以比肩孔子，是中国儒学史上唯一应该和孔子并称的一个人。如钱穆所说："在中国历史上，前古有孔子，近古有朱子，此两人皆在这个学术思想史及中国文化史上发出莫大声光，留下莫大影响。旷观全史，恐无第三人堪与伦比。"

朱子的贡献就在于他建立了全新的儒学体系。

朱子的意见，认为儒学复兴始于周敦颐。朱子将周敦颐的易学成就与伏羲、文王、孔子并列，而将其提升为"后圣"。他说："以熹观之，伏羲作易，自一画以下；文王演易，自乾元以下，皆未尝言太极也，而孔子言之。孔子赞易，自太极以下，未尝言无极也，而周子言之。夫先圣后圣，岂不同条而共贯哉！"他还明确肯定二程之学源于周敦颐，"盖先生之学，其妙具于《太极》一图，《通书》之指，皆发此图之蕴，而程先生兄弟语及性命之际，亦未尝不因其说"；"《易》之为书，广大悉备，然语其至极，则此图尽之。其指岂不深哉！抑尝闻之，程子昆弟之学于周子也，周子手是图以授之。程子之言性与天道，多出于此"。

朱子的意见影响了《宋史》《宋元学案》，遂成定论。《宋史·道学传》列述程颢、程颐、张载、邵雍、朱熹、张栻，兼及二程、朱熹门人，而以周敦颐为首。《宋元学案》亦以周程张邵五子并举，指出："宋乾德五年，五星聚奎，占启文明之运。逮后景德四年、庆历三年，复两聚，而周子、二程子生于其间。"又引朱子之语说道："元公不由师傅，默契道体，建《图》属《书》，根极领要。当时见而知之者有程氏，遂广大而推明之。使夫天理之微，人伦之着，事物之众，鬼神之幽，莫不洞然毕贯于一，而周孔孟氏之传，焕然复明。"宋理宗淳祐元年（1241）下诏确立理学的地位说："孔子之道，自孟轲后不得其传，至我朝周敦颐、程颢、程颐、张载，真见实践，深探圣域，千载绝学，始有指归。中兴以来，又得朱熹，精思明辨，折衷融会……孔子之道，益以大明于世。"

钱穆曾说："后人治宋代理学，无不首读《近思录》，而后濂溪在有宋一代理学家中之地位，遂以确定。"宋明新儒家继汉唐经学之后，跨越千年而起，直承孟子，表明学术学派的兴起，有不为时间所阻断者。

第二节　名篇诵读

《近思录序》

叶　采

《近思录》规模之大而进修有序，纲领之要而节目详明，体用兼该，本末殚举。至于辟邪说、明正宗，罔不精核洞尽。是则我宋之一经，将与四子并列，诏后而垂无穷者也。

尝闻朱子曰："《四子》，《六经》之阶梯；《近思录》，《四子》之阶梯。"盖时有远近，言有详约不同，学者必自近而详者，推求远且约者，斯可矣。

采年在志学，受读是书，字求其训，句探其旨，研思积久，因成集解。其绪纲要，悉本朱子旧注，参以升堂纪闻，及诸儒辩论，择其精纯，刊除繁复，以次编入。有阙略者，乃出臆说。朝删暮辑，逾三十年，义稍明备，以授家庭训习。或者谓寒乡晚出，有志古学，而旁无师友，苟得是集，观之亦可创通大义，然后以类而推，以观四先生之大全，亦"近思"之意云。

淳祐戊申长至日，建安叶采谨序。

【点评】

朱子在编纂出了《近思录》以后，对弟子们说过："《近思录》好看。""《近思录》一书，无不切人身、救人病者。""修身大法，《小学》备矣；义理精微，《近思录》详之。""圣贤说得语言平，如《中庸》《大学》《论语》《孟子》，皆平易。《近思录》是近来人说话，便较切。"

朱子又说："《四子》，《六经》之阶梯；《近思录》，《四子》之阶梯。"

《四子》指《四书》，即《大学》《中庸》《论语》《孟子》。就书的作者而言，就是"孔曾思孟"四人。

《六经》指《诗经》《书经》《礼经》《乐经》《易经》《春秋经》，是三代四代时期的官学。从书的作者来说，就以"姚姒子姬"四圣为代表。

　　朱子指出，读书的门径和次序应当是：通过《近思录》而读懂《四书》，通过《四书》而读懂《六经》。这是古人读书治学的正道。

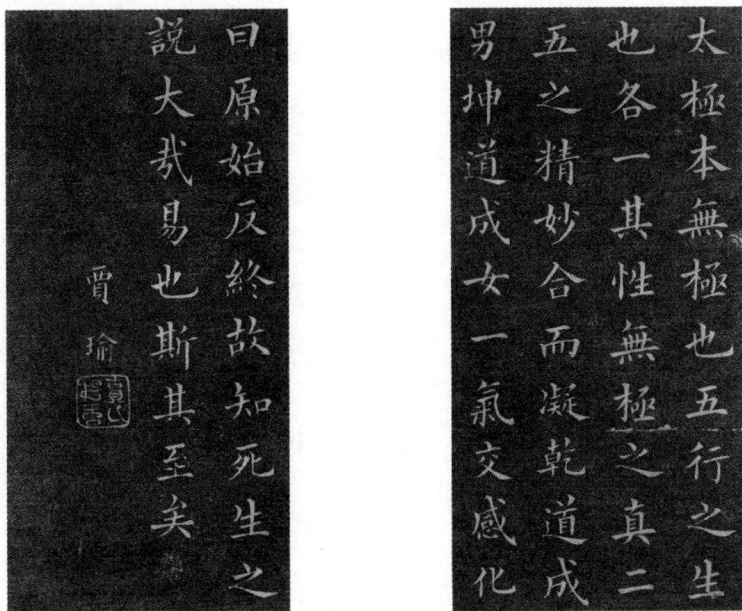

贾瑜书《太极图说》（局部）

第十七讲

第一节　濂溪先生与古琴

一、濂溪先生雅好古琴

阅读《元公周先生濂溪集》可知，濂溪先生雅好古琴。他自己提到与古琴相伴。另外濂溪友人蒲宗孟和后世文人都曾提到周濂溪与古琴相关。周子《通书》中有《礼乐》以及《乐上》《乐中》《乐下》三篇，是濂溪先生的音乐思想观。周濂溪通过古琴与古人对话，与天地对话，悟道，参透人间的真谛。周濂溪的礼乐思想，尤其是琴乐思想，在理学弟子中都得到了很好的传承，如朱子最早提出琴律学，蔡元定提出了十八律。

周濂溪《书堂》诗和蒲宗孟《先生墓碣铭》中有周子抚琴的记录。

《书堂》诗云：

元子溪曰瀼，诗传到于今。此俗良易化，不欺顾相钦。
庐山我久爱，买田山之阴。田间有流水，清泚出山心。
山心无尘土，白石磷磷沉。潺湲来数里，到此澄澄深。
有龙不可测，岸竹寒森森。书堂构其上，微几看云岑。
倚梧或欹枕，风月盈中襟。或吟或冥默，或酒或鸣琴。
数十黄卷轴，贤圣谈无音。窗前即畴圃，圃外桑麻林。

千蔬可卒岁，绢布足衣衾。饱暖大富贵，康宁无价金。

吾乐盖易足，名溪朝暮侵。元子与周子，相邀风月寻。

　　嘉祐六年，周濂溪在赴虔州途中时，经过庐山，因风景幽静、美丽，便有卜居之意。晚年时定居庐山莲花峰下，在山麓建筑"书堂"。"书堂"成为以琴会友的雅集场地。众多朋友、琴家题诗书堂。书堂是周濂溪晚年的精神寄托，著书立言的家园，所以书堂的环境显得格外宁静而美。远处有山峰云影，近处有芭蕉、松竹，书斋、琴室与大自然融和一体了。我们从诗词中便可了解书堂环境的美和书堂的大概格局。

　　周濂溪对庐山莲花峰下濂溪及后来定居自己命名的濂溪，甚是喜爱，在上述诗中也表达了周子寄寓山林，对元结也有追随之意，可见元结对周子影响也很大。

　　周濂溪诗云："或吟或冥默，或酒或鸣琴。"提到了饮酒、弹琴、吟诗。"鸣琴"是琴弦所发出的声音。《韩非子·说林下》："文子曰：'吾尝好音，此人遗我鸣琴；吾好佩，此人遗我玉环。'"曹丕《燕歌行》："援琴鸣弦发清商，短歌微吟不能长"，柳宗元《李西川荐琴石》："远师驹忌鼓鸣琴，去和《南风》惬舜心"，苏轼《琴诗》："若言琴上有琴声，放在匣中何不鸣"，都说到了"鸣琴"。

　　蒲宗孟《濂溪先生墓碣铭》云："生平襟怀飘洒，有高趣，常以仙翁隐者自许。尤乐佳山水，遇适意处，终日徜徉其间。酷爱庐阜，买田其旁，筑室以居，号曰'濂溪书堂'。乘兴结客，与高僧道人跨松萝，蹑云岭，放肆于山巅水涯，弹琴吟诗，经月不返。及其以病还家，犹篮舆而往，登览忘倦。语其友曰：'今日出处无累，正可与公等为逍遥社，但愧以病来耳！'铭曰：庐山之月兮暮而明，溢浦之风兮朝而清。翁飘飘兮何所，琴悄寂兮无声。杳乎欲诉而奚问，浩乎欲忘而难平！山巅水涯兮，生既不得以自足，死而葬乎其间兮，又安知其不为清风白月、往来乎深林幽谷，皎皎而泠泠也。形骸兮归此，适所愿兮，攸安攸宁。'"

　　《墓碣铭》记录了周濂溪与高僧道人跨松萝，蹑云岭，放肆于山巅水涯，弹琴吟诗，经月不返的经历。最重要的是直接说到周濂溪"弹琴"，志于山水，爱好雅乐，流连忘返。

　　蒲宗孟和周濂溪是好朋友，蒲宗孟的妹妹嫁与周濂溪为妻，他对周濂溪的性情比较了解，也比较赞许，《墓碣铭》可信。

　　周濂溪常以"仙翁"自称。琴曲有《仙翁操》，词曰："得道仙翁，得道陈抟仙翁，仙翁仙翁，得道仙翁。"

濂溪友人及学者诗词中，描述了周濂溪弹古琴的情景。

吕陶《送周茂叔殿丞序并诗》云："外任安济德，中养澄静源。青云路三峡，寄傲开琴樽。白日满平楚，放怀清梦魂。夷险既一致，卷舒惟义存。未易泛沧浪，时平斯道尊。"

赵抃《题茂叔濂溪书堂》云："固无风波虞，但觉耳目快。琴樽日左右，一堂不为泰。经史日枕藉，一室不为隘。"

赵抃《同周敦颐国博游马祖山》云："下指正声调玉轸，放怀雄辩起云涛。联镳归去尤清乐，数里松风耸骨毛。"

何平仲《赠周茂叔》云："智深《大易》知幽赜，乐本《咸池》得正声。"

潘兴嗣《和茂叔忆濂溪》云："试将一酌当美酒，似有泠然仙驭飞。素琴携来谩横膝，无弦之乐音至微。胡为剑佩光陆离，低心俯首随转机。伊尹不忘畎亩乐，宁非斯人之与归。"

黄庭坚《濂溪祠并序》云："溪毛秀兮水清，可饭羹兮濯缨，不渔民利兮又何有于名。弦琴兮觞酒，写溪声兮延五老以为寿。"

赵抃与周濂溪同游马祖山，马祖山离庐山不远，诗词中描写了周濂溪弹古琴的情景。赵抃为北宋著名古琴家，亲自看见周子抚琴，从诗句的意思来看，可以确认周子的琴艺是比较高。

"正声"即雅乐。《礼记·乐记》云："正声感人，而顺气应之；顺气成象，而和乐兴焉。"宋张炎《词源》云："古之乐章、乐府、乐歌、乐曲，皆出于雅正。"周子

柳昇勋绘莲花小品

鼓琴，下指成音，鼓的是雅乐，金声而玉振。正声、雅乐的思想和周子的音乐观、琴学观是一致的。《通书·乐中第十八》："故圣人作乐，以宣畅其和心，达于天地。天地之气，感而大和焉。"周子当时鼓琴的心情是愉悦的。气息和，指法和，琴曲和，山林的环境也和。古琴的意境深远，琴曲旋律高低起伏，像天空的彩云变化万千。归去时，还在谈论古琴雅集，依依不舍。琴声清乐，余音绕梁，回味无穷。

宋代文人士大夫都爱好弹琴。欧阳修、范仲淹、苏轼、黄庭坚等，都是古琴家，经常以琴会友，举办雅集。所以周濂溪会弹古琴也是很自然的。周濂溪与古琴相伴，寄情于自然山水，以琴怡情养性，禅琴悟道，著书立言，继往圣，开来学。

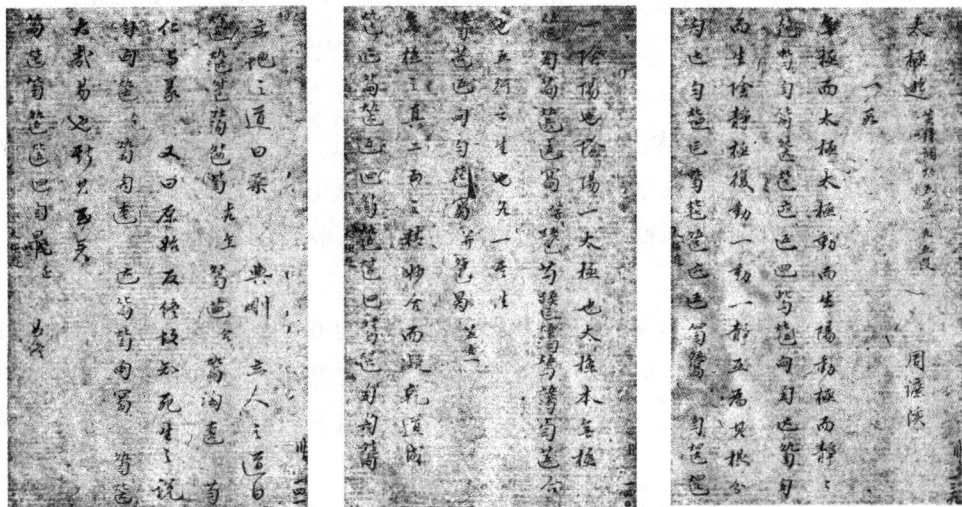

古琴谱《太极游》

二、周濂溪与琴家的交往

朱长文《琴史》共收录北宋琴家九人，包括宋太宗、崔遵度、唐异、范仲淹、欧阳修、赵抃等，专门列入琴人传。周濂溪与众多文人琴家如范仲淹、赵抃、王安石、胡武平等，都有交往。

范仲淹，字希文，江苏吴县人，进士，官至参知政事。推行庆历新政，是北宋政治家、文学家，卒谥文正，世称范文正公。范仲淹也是著名古琴家，《琴史》中有记载："君子之于琴也，发于中以形于声，听其声以复其性，如斯可矣。非必如工人务多趣巧，以悦他人也。故文正公所弹虽少，而得其趣盖深矣。"范仲淹最喜欢弹的琴曲是《履霜》，故有"范履霜"之称。陆游《老学庵笔记》云："范文正公喜弹琴,然平日止弹《履霜》一操,时人谓之'范履霜'。"

范仲淹曾拜师北宋著名琴家崔遵度、唐异学古琴。崔遵度喜欢《周易》,《宋史·崔遵度传》:"是知作《易》者,考天地之象也;作琴者,考天地之声也。""意有疑,则弹琴辨其数,筮《易》观其象,无不究也。"范仲淹也以《周易》和古琴相提并论,其《斋中偶记》诗云:"忘忧曾扣《易》,思古即援琴。"

周濂溪二十一岁时,母亲过世,葬于润州,在润州守孝三年,其间结交了范仲淹、胡武平等人。度正《周濂溪年谱》载:"宋仁宗景祐四年丁丑,是岁居润读书鹤林寺。时范文正公,胡文忠公诸名士与之游。"

赵抃,字阅道,浙江衢州人,进士,官至殿中侍御史。赵抃为著名的古琴家,平时常以一琴一鹤自随。人们提到"琴鹤",便马上想到赵抃。《琴史》云:"赵抃以清节正论显于仁宗朝,迄熙宁初尝参预国政,今以太子少保致仕。公好琴,其将命于四方,虽家人不以从行,而琴、龟、鹤未尝去也。王事之隙,弹古曲以和平其心志,故终始完洁无疵,世师表云。"《续资治通鉴》记载:治平四年,"以龙图阁直学士、知成都府赵抃知谏院。入谢,帝谓抃曰:'闻卿入蜀,以一琴一鹤自随,为政简易,亦称事邪?'"

周濂溪与赵抃交好。《宋史·周敦颐传》:"历合州判官,事不经手,吏不敢决。虽下之,民不肯从。部使者赵抃惑于谮口,临之甚威,敦颐处之超然。通判虔州,抃守虔,熟视其所为,乃大悟,执其手曰:'吾几失君矣,今而后乃知周茂叔也。'"

赵抃藏有一张雷琴(唐代蜀人雷氏斫制的古琴)。其《次韵僧重喜闻琴歌》云:"我昔所宝真雷琴,弦丝轸玉徽黄金。昼横膝上夕抱寝,平生与我为知音。"嘉祐七年,赵抃与周敦颐等人一起游马祖山,弹琴吟诗,也许就带了这把雷琴。

周濂溪以"琴""莲花"为自己喜爱之物,鼓励自己亲政爱民,廉洁公正。"莲花"更是周濂溪的化身、代表。

王安石,字介甫,江西临川人。北宋著名政治家、文学家。《宋史》载:"安石少好读书,一过目终身不忘。其属文动笔如飞,初若不经意,既成,见者皆服其精妙。"

王安石的很多诗词都谈到了古琴。如《招叶致远》:"最是一年春好处,明朝有意抱琴来。"《和崔公度家风琴八首》:"疏铁檐间挂作琴,清风才到遽成音。伊人欲问无真意,向道从来不博金。"《伯牙》:"千载朱弦无此悲,欲弹孤绝鬼神疑。故人舍我归黄壤,流水高山深相知。"

王安石不仅雅好古琴，还精通经学，对石汝砺的《解易图》很是喜欢，而石汝砺又是著名琴家、斫琴家，著有《碧落子斫琴法》传世。对五经多有讲解，于《易》尤契精妙。《粤诗搜逸》记载："石汝砺，字介夫，号碧落子，英德人。《五经》多有讲说，于《易》尤契精妙。晚年进所著《解易图》于朝，为王荆公所抑。苏东坡谪惠州，相遇圣寿寺谈《易》，大异之。"

周濂溪和王安石会晤，文献记载有两次。第一次是景祐四年，周濂溪在润州守孝期间，当时周濂溪二十一岁，王安石一十七岁。第二次是嘉祐五年，周濂溪奉调入京，两人相见，长谈了几天，当时周濂溪四十四岁，王安石四十岁。

度正《周濂溪年谱》：宋仁宗景祐四年丁丑，"是岁居润读书鹤林寺。时范文正公，胡文忠公诸名士与之游，独王荆公少年不可一世，怀刺谒先生，足三及门而不得见。荆公恚曰：'吾独不可求之《六经》乎？'"又载："先生东归，时王荆公安石年四十，提点江东刑狱，与先生遇，语连日夜，安石退而精思，至忘寝食。"

周濂溪雅好古琴，与范仲淹、王安石、赵抃、黄庭坚等琴人交流，文以载道，琴以载道。特别是周濂溪古琴琴学思想中的"淡""和"等琴学观念，对以后的琴家产生了深远影响。

至今仍有一首古琴曲《太极游》，保存在道光八年鉴湖逸士石卿所著《琴学轫端》的抄本当中，相传为周濂溪谱曲。

第二节　名篇诵读

《通书·乐》

周濂溪

乐上第十七

古者圣王制礼法，修教化，三纲正，九畴叙，百姓大和，万物咸若。乃作乐，以宣八风之气，以平天下之情。

故乐声淡而不伤，和而不淫。入其耳，感其心，莫不淡且和焉。淡则欲心平，和则躁心释。优柔平中，德之盛也；天下化中，治之至也。是谓道配天地，古之极也。

后世礼法不修，政刑苛紊，纵欲败度，下民困苦。谓古乐不足听也，代变新声，妖淫愁怨，导欲增悲，不能自止。故有贼君弃父，轻生败伦，不可禁者矣。

呜呼！乐者古以平心，今以助欲；古以宣化，今以长怨。不复古礼，不变今乐，而欲至治者，远哉！

乐中第十八

乐者，本乎政也。政善民安，则天下之心和。故圣人作乐，以宣畅其和心，达于天地，天地之气感而太和焉。天地和，则万物顺，故神祇格，鸟兽驯。

乐下第十九

乐声淡则听心平，乐辞善则歌者慕，故风移而俗易矣。妖声艳辞之化也亦然。

【点评】

《乐上第十七》，张伯行说："此篇论古乐今乐之异用而治乱由之。"又说："此篇明先王作乐之由，以见古乐之善也。"

《乐中第十八》，张伯行说："此篇论声音之道与政通，所谓闻其乐而知其德也。"又说："此篇承上篇和之意而申言之，见乐因和而作，而其制作之妙又可以致和者也。"

《乐下第十九》，张伯行说："此篇言乐之声淡辞善，有关于风俗如此。"又说："此篇承上篇淡之意而申言之，以见风俗之转移即在乎乐，其所系非小也。"

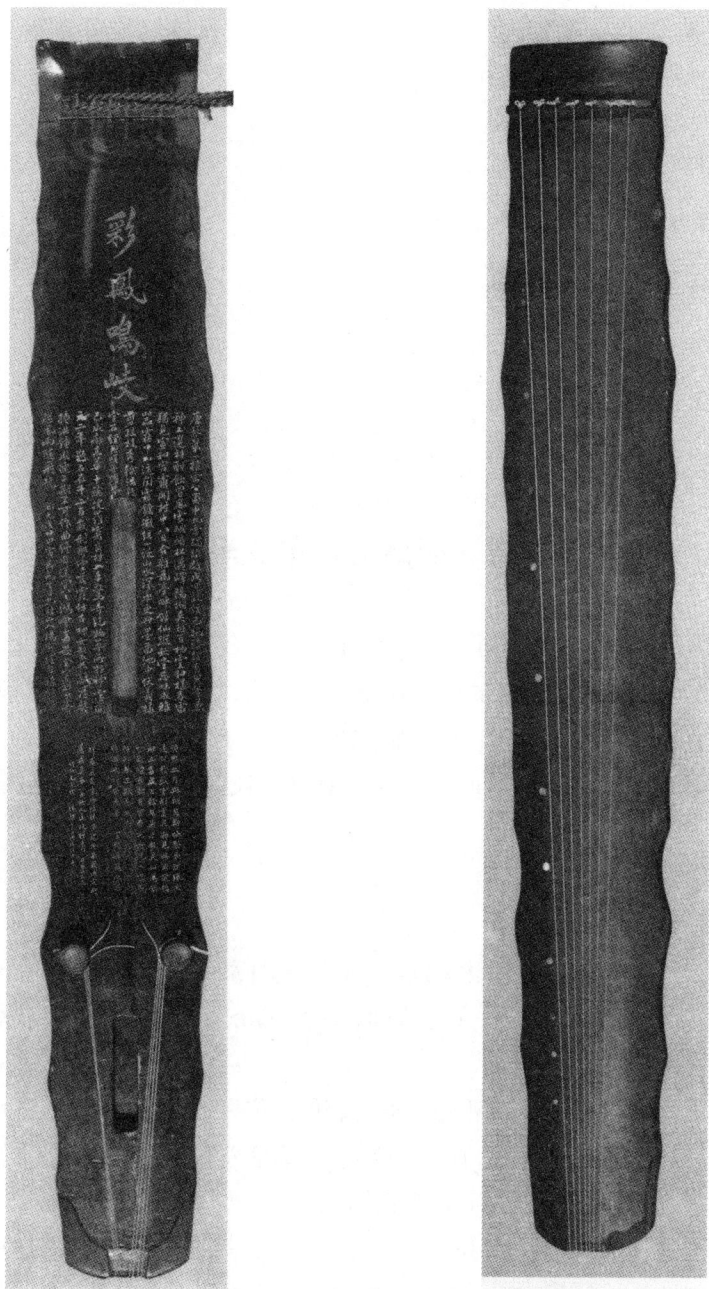

九疑琴派创始人杨宗稷所藏唐琴

第十八讲

第一节　周濂溪在东亚的影响

在历代儒统中，周濂溪上承孔子、孟子，排位第三；下启二程、朱子，排位第一。周濂溪先生是孔、孟以来的第三位圣人，是孔、孟之后的第一位圣人。

濂溪先生的理学思想流传广泛，影响中国社会近千年之久，并远播海外，北路由我国东北地区经朝鲜半岛而至日本，南路由我国两广、海南地区而至越南，并惠及琉球。

一、周濂溪影响在韩国

古代韩国是世界上受儒家学说影响最深的国家。在儒家思想价值观的影响下，无论是政治、思想、教育、文化方面，还是风俗习惯等方面，古代韩国都与我国儒家思想紧密相关。

儒学流入韩国的时间，最早是箕子封朝鲜，传入《洪范》和箕田制度。汉武帝时期设"汉四郡"（乐浪、玄菟、真番、临屯），为儒学的传播发展提供了条件。

儒学逐渐成为韩国社会的主导意识形态。

古代韩国的三国时期（高句丽、百济、新罗），几乎每一个王朝都接受过中国的册封，使节往来，不绝于途，中国文化源源不断传入。新罗统一三国后的第二年（682），设立了国学机构，研究儒家文化。高丽时期，佛教为国教。至李氏朝鲜时期，崇儒排佛。高丽忠烈王十五年（元世祖至元二十六年，1289），儒学提举安珦，随忠烈王访问元朝，在大都第一次见到《朱子全书》，认为此书是"孔门正脉"，立即全部抄录下来，并且摹写了孔子、孟子、周元公、朱子等人的画像，带回高丽传习。

韩国大规模地祭祀孔子等先贤，始于高句丽小兽林王二年(372)。这项极为隆重的仪式在国学文庙举行。李朝时代，这一大典在成均馆举行，场面更加壮观。成均馆设有文庙，其文庙主体结构也是大成殿，正中是孔子圣像，左右两边为四配像。大成殿和拜殿两侧还有东庑和西庑，祭祀大批古儒者，其中就有周濂溪。至李肃宗四十年(1714)，周元公从大成殿祭祀，可见他在韩国儒学界逐渐得到重视，地位逐渐提高。至今韩国祭祀依然比较频繁，每年农历二月和八月的第一个丁日，都会举行大规模祭祀。

安珦(1243—1306)是高丽末期的儒学领袖，出生和成长于顺兴竹溪，是韩国第一个引入朱子学的人，号称"海东孔子"。安珦敬仰朱子，自号"晦轩"。绍修书院是韩国众多的传统书院中最早的一座书院，同时

"同文同伦"榜书

也是安珦的旧居和坟墓所在地。初名白云洞书院，后改名绍修书院，有明宗御笔"绍修书院"匾额。书院门外建有"景濂亭"。景濂亭位于书院墙外风光秀丽的地方，是安排诗宴和培育浩然之气的场所。亭中有李滉(号退溪)所作《白云洞书院示诸生》诗："小白南墟古顺兴，竹溪寒泻白云层。生材卫道功何远，立庙尊贤事匪曾。景仰自多来后硕，藏修非为慕骞腾。古人不见心犹见，月出方塘冷欲冰。"

儒生卓光茂，字谦夫，号景濂，著《景濂亭集》二卷。卓光茂在光州别墅也建有"景濂亭"，并作《景濂亭》诗："懒向人前强作颜，水亭终日对青山。吾家嗜好与时异，此地清幽非世间。风月无私随处足，乾坤大度放予闲。逍遥自适忘机里，卧看长空倦鸟还。"

郑道传，字宗之，号三峰，为卓光茂作《景濂亭铭后说》云："谦夫卓先生于光

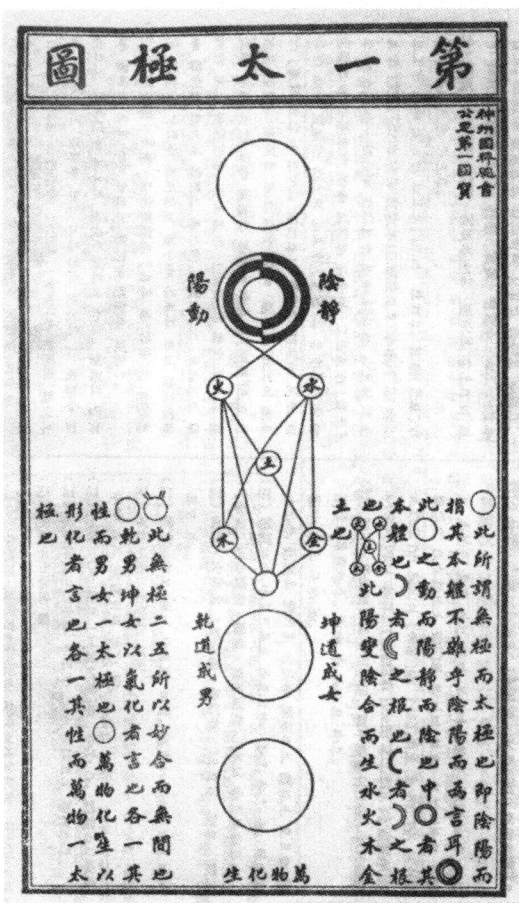

李退溪《圣学十图》中的《第一太极图》

州别墅，凿池种莲，筑土池中为小岛，楼亭其上，日登以乐。益斋李文忠公命其亭曰'景濂'，盖取濂溪爱莲之义，欲其景慕之也。夫见物则思其人，思其人则必于其物致意焉。感之深而厚之至也。尝谓古人之于花草，各有所爱，屈平之兰，陶潜之菊，濂溪之莲，是也。各以其中之所存而寓之于物，其意微矣。"其仰慕周濂溪之意，可以概见。

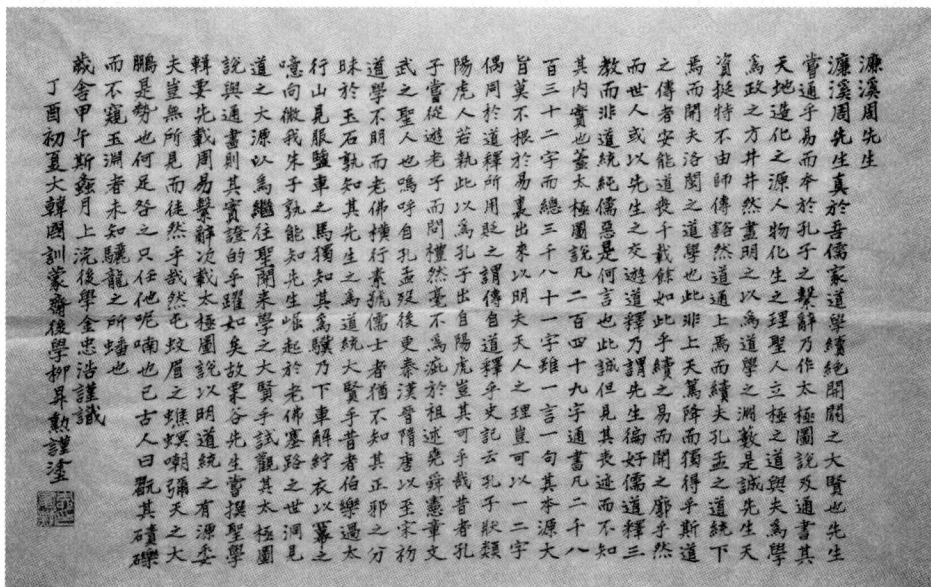

金忠浩撰《濂溪周先生》

二、周濂溪影响在日本

元明时期，理学开始传入日本，逐渐取代以训诂为主的汉学，成为日本儒学发展的主流。

理学传入日本滥觞于中日神僧的交往。日僧俊芿浮海游宋，于 1211 年归国，除携带大量佛经外，还有儒道书籍 256 卷，其中就有周濂溪的著作。其后经玄惠法印开讲宋学，宋学在日本渐渐高扬。明朝遗臣朱舜水编写《学宫图说》，为德川光国设立文庙，按照唐代祭祀的样式，主要祭祀至圣先师孔子及颜回，以及闵子骞、冉伯牛等九哲、七十二弟子、二十二贤人，其中包括周濂溪。

日本的公共图书馆和大学图书馆收藏了周濂溪的主要著作。日本学者自己所编注的周濂溪著作，有山崎嘉编《周子书》，熊谷立闲"首书"刊印、大槻清准训点的《太极图说》单行本，铃木太兵卫刊引的《通书》单行本。以及浅见絅斋、三宅尚斋《太极图说笔记》，合原余修《太极图说资讲》，伊藤东涯《太极图说管见·太极图说十论》，宇井默斋《太极图说讲义·太极图解讲义》，中村习斋《太极图说解私考疑议》，稻叶正信《太极图说解笔记》，久米订斋《订翁太极图说讲义》，大泽鼎斋《太极图说解详说》，山口重昭《菅山先生太极图说讲义》，河口光远《太极图说解笔记》等等。

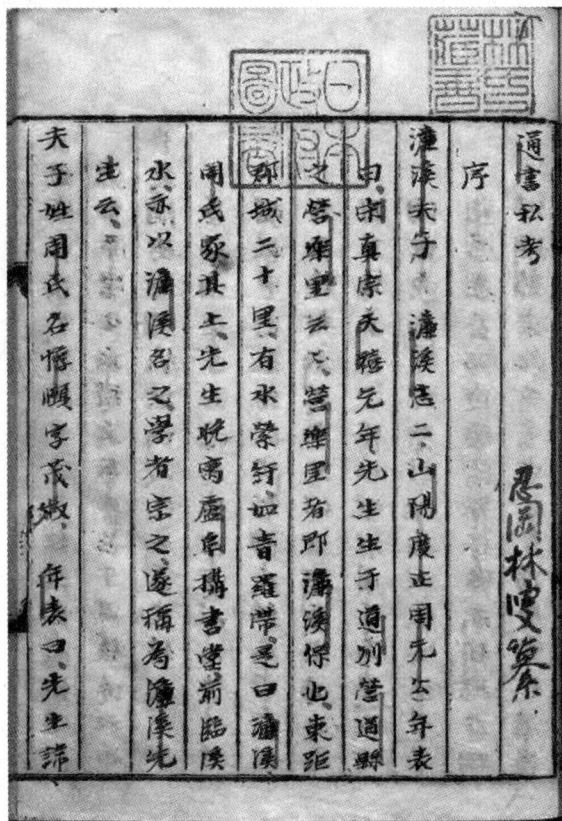

日本内阁文库《通书私考》抄本书影

在日本与儒学相关的各学派中，林罗山是著述极丰的学者。他的《易道宗传支流图说》说道："周子继不传之绪，以作《太极图说》《通书》，以授二程，而事物之理备于伊川《传》。张子《正蒙》及《易说》，其辅翼也。邵子通达象数，而羲易始明。至朱子《启蒙》《本义》，《太极》《通书》解之出，而义理象占兼并，而易学大成于此。"

日本学者喜作汉诗，歌咏濂溪之作随处可见，称周濂溪为"周老师""濂溪翁"，对其推崇备至。山崎嘉纂《周子书》之余，作《题〈周子书〉》诗云："无极乾坤秘，有形天地初。向微周茂叔，争得质图书？"又作《读〈近思录〉》："世远人亡道统空，维天新命濂溪翁。下心常泰颜渊乐，大志正任伊尹功。河洛宗诚修己敬，横渠先礼律身恭。六经四子四贤诀，都在《近思》一帙中。"林罗山《赋濂溪霁月二首》有云："圣人正统属濂翁，秋月明明胸宇中。云路光风开不阖，春陵门是广寒宫。"又云："圣贤道学欲追还，幽桂枝高水石间。认得濂溪月岩影，天香风远落屏山。"凡此种种，不一而足。

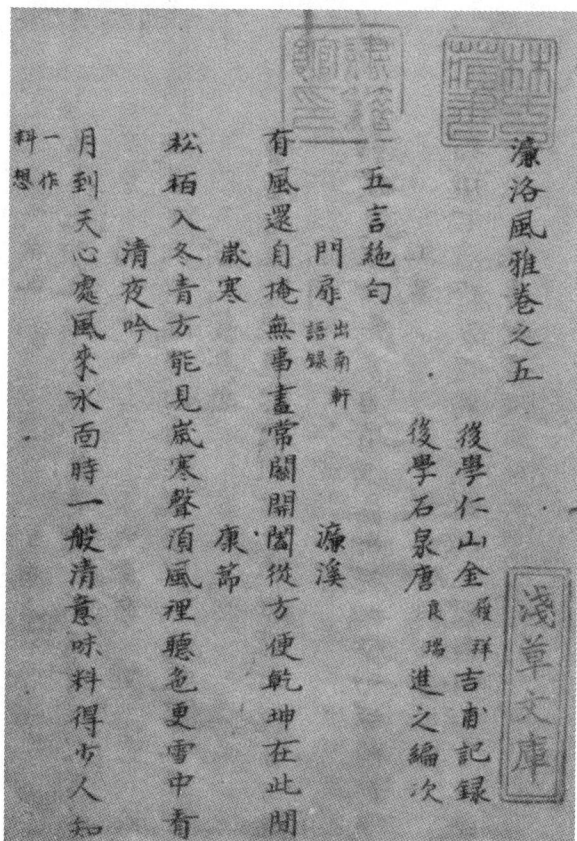

日本旧抄本《濂洛风雅》书影

三、周濂溪影响在越南

周濂溪先生被越南儒林奉为理学开山祖师。

古代越南陈太宗元丰三年（1253），濂溪先生被尊称为"亚圣"，并绘像奉祀。

越南的重要佛典《道家源流》也多处援引周濂溪先生的事迹和言论。从陈朝末年
(14 世纪末)开始,儒学在越南取得主导地位,其形态主要就是宋明理学,因此,
周濂溪受到儒林的高度重视。

　　古代越南文人还在诗文中歌咏周濂溪。《越南汉文燕行文献集成》收录元明
清时期越南使者汉文著作 79 种,其中有吟咏周濂溪的诗六首,均作于越南使者过
兴安县濂溪祠之时。其中黎贵惇《谒濂溪周先生祠》一首写道:

> 大道彰彰垂宇宙,举世茫然迷步武。
> 高人翻却事文词,下士仅知守章句。
> 先生之生莫非天,立志便欲希圣贤。
> 著图述书发秘奥,妙悟神解无师传。
> 吐辞直与六经似,治法从来宁过此。
> 明通公溥其庶乎,仁义中正而已矣。
> 区区小试著民庸,何丰怀抱啬遭逢。
> 后人幸沐君子泽,斯世亦睹真儒功。
> 岂将用舍关轻重,已自一身传道统。
> 千年而下独闻知,因此见知遂益众。
> 孔颜乐处每令寻,言下提撕趣自深。
> 寸心万物有内外,实理真机无古今。
> 呜呼圣言犹可验,道味芳腴飨不厌。
> 箪食瓢饮贤哉回,浴沂风雩吾与点。
> 先生气象诚一般,出处常泰居常安。
> 窗梅庭竹观造化,轩冕金玉都等闲。
> 要知契合浑无异,此心此理同乎耳。
> 莲峰千仞对龟蒙,溢江一派浴洙泗。
> 余韵风流百世师,绍前启后功巍巍。
> 道学阐发无余蕴,迨今天下知指归。
> 学宫从祀列俎豆,绅衿济济仰山斗。
> 此间应是近湖南,崇祠亦复新结构。
> 鲰生夙昔习诗书,儒林有幸齿簪裾。
> 遗编大训研磨处,霁月光风想象馀。

远来徒望瞻仪表，相与肃容拜清庙。

愿言嘉惠及南邦，万古景星垂照耀。

　　这首诗共有 52 句，364 字，是越南使者咏周濂溪诗作中最长的一首。从全诗的内容来看，大约可以分为三个小节。自"大道彰彰垂宇宙"至"因此见知遂益众"，为此诗的第一节。黎氏感慨大道彰彰而举世茫然，下士仅知守章句，由此突出周濂溪先生不独事文辞，千载而下传道统，开示后人，居功至伟。自"孔颜乐处每令寻"至"溢江一派浴洙泗"，为此诗的第二节，具体叙述周濂溪先生的学问，又指出其学问承接自孔子。余下部分为此诗的第三节，主要颂扬周濂溪先生为百世之师，受到后世的敬仰爱戴，诗末更抒发了希望其恩惠泽被越南的愿望。

　　产生于湖南的周濂溪理学思想影响深远。濂溪理学思想是宋明理学的核心内容之一，对中国乃至整个东亚地区古代文明的发展产生了深远的影响。

朱子墨迹

第二节　名篇诵读

《濂溪周先生》

[韩国]金忠浩

濂溪周先生真于吾儒家道学续绝开关之大贤也。先生尝通乎易，而本于孔子之《系辞》，乃作《太极图说》及《通书》，其天地造化之源，人物化生之理，圣人立极之道，与夫为学为政之方，井井然尽明之，以为道学之渊薮。是诚先生天资挺特，不由师传，豁然道通，上焉而续夫孔孟之道统，下焉而开夫洛闽之道学也。此非上天笃降而独得乎斯道之传者，安能道丧千载余，如此乎续之易而开之廓乎！然而世人或以先生之交游道释，乃谓先生遍好儒道释三教，而非道统纯儒。恶！是何言也！此诚但见其表迹，而不知其内实也。盖《太极图说》凡二百四十九字，《通书》凡二千八百三十二字，而总三千八十一字，虽一言一句，其本源大旨莫不根于《易》里出来，以明夫天人之理，岂可以一二字偶同于道释所用，贬之谓传自道释乎？《史记》云：孔子状类阳虎，人若执此以为孔子出自阳虎，岂其可乎哉？昔者孔子尝从游老子而问礼，然毫不为疵于祖述尧舜、宪章文武之圣人也。

呜呼！自孔孟殁后，更秦汉晋隋唐，以至宋初，道学不明，而老佛横行，素号儒士者，犹不知其正邪之分，昧于玉石，孰知其先生之为道统大贤乎！昔者伯乐过太行山，见服盐车之马，独知其为骥，乃下车解纻衣以幂之。

噫！向微我朱子，孰能知先生崛起于老佛塞路之世，洞见道之大源，以为继往圣开来学之大贤乎！试观其《太极图说》与《通书》，则其实证的乎跃如矣。故栗谷先生尝撰《圣学辑要》，先载《周易·系辞》，次载《太极图说》，以明道统之有源委，夫岂无所见而徒然乎哉！然屯蚊眉之蟭螟，嘲弥天之大鹏，是势也，何足咎之，只任他呢喃也已。

古人曰：玩其碛砾而不窥玉渊者，未知骊龙之所蟠也。

岁舍甲午斯螽月上浣，后学金忠浩谨识。

【点评】

《濂溪周先生》一文写于 2017 年濂溪先生千年诞辰、濂溪书院重建之际。

金忠浩，又名金信浩，号古堂，当代韩国儒林领袖。生于 1946 年，师承权纯命先生(号阳斋)、金熙镇先生(号瑞岩)、金熙淑先生(号敬庵)受儒学之业，是韩国近代大儒田愚先生(号艮斋)的再传弟子。曾任韩国文教部国史编纂委员会校书员、檀国大学东洋学研究所专门研究员、成均馆大学教育大学院讲师、成均馆翰林院院长、成均馆大学兼任教授、尚志大学招聘教授，现任全罗北道淳昌郡训蒙斋山长。

越南使者咏周濂溪诗选

题周夫子祠

浑然太极契精真，揭出乾坤示我人。
千古道心溪有月，四时生意草常春。
斗山峻望新华衮，领袖斯文旧角巾。
俨若清规钦敬止，江川愈远愈精神。

题濂溪祠

一簇崇祠浸碧潭，星星兽炭瑞烟含。
海毬戏水相抛荡，江镜涵天共蔚蓝。
不尽图书留正派，无边风月助高谈。
神情自可微遗像，青眼常如日角参。

过兴安望濂溪先生祠

千载渊源孰阐明，图书剖析仰先生。
道宗已揭中天日，毖祀长贻此地城。
霁色无边芳草翠，流光不尽绿溪清。
俨然气象犹如见，远价瞻怀诵景行。

恭题周子庙留刻

大宋阐文日，濂溪唱道初。
渊微探造化，秘奥发图书。

三古心源溯，千秋理薮疏。
草庭风范在，遗庙仰灵渠。

兴安谒周濂溪先生祠
末学迷其趋，卓尔莲花峰。
图书独妙语，秘奥开鸿蒙。
乐处寻孔颜，静趣观月风。
遗庙一庭草，依然交翠葱。

【点评】

《题周夫子祠》，出自阮宗窐《使华丛咏集》。

《题濂溪祠》，出自阮辉儌《奉使燕京总歌并日记》。

《过兴安望濂溪先生祠》，出自潘辉注《华轺吟录》。

《恭题周子庙留刻》，出自阮做《星轺随笔》。

《兴安谒周濂溪先生祠》，出自裴文禩《万里行吟》。

以上吟咏，其共同主题有两个方面的体现：其一为赞扬周敦颐著书立说，为往圣继绝学，泽被后人。这与中国历史上对周敦颐的评价完全是相符的。其二表现出对周敦颐事迹及学问的熟知。诗中咏及周敦颐事，有其令二程寻孔颜乐处、不除庭草、吟风弄月等故事，似信手拈来，却端庄恭敬，足见使者学问之深厚及追慕先贤之诚。

韩国绍修书院景濂亭

第十九讲

第一节　濂溪后裔与五经博士

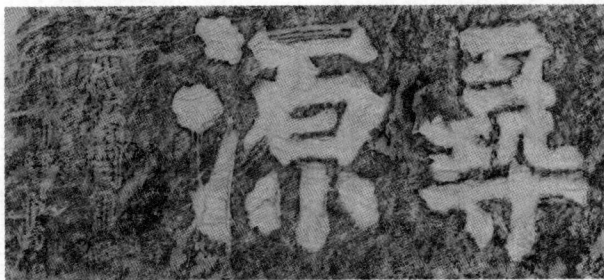

"寻源"榜书

一、世袭翰林五经博士

濂溪先生有二子：周寿、周焘。

周濂溪卒后，黄庭坚、苏轼等人应濂溪先生二子之请，作有诗文。黄庭坚应周寿之请而作《濂溪词并序》，苏轼应周焘之请而作《故周茂叔先生濂溪》一诗。是为濂溪后裔纪念周濂溪之始。

南宋淳祐元年（1241），周濂溪从祀孔子庙庭，朝廷提倡，士子讲习。明景泰七年（1456），朝廷优恤后裔，周濂溪十二世孙周冕钦召至京，授翰林院五经博士，还道州奉祀。明清两代，朝廷崇奖理学，恩命频下，从十二世至二十二世，共计十一人，世袭其职者为：

周冕——周绣麟——周道——周联官——周治——周汝忠——周莲——周嘉耀——周枚——周景濬——周邦泰

周邦泰之后，又有周承宗、周监相继受封五经博士。

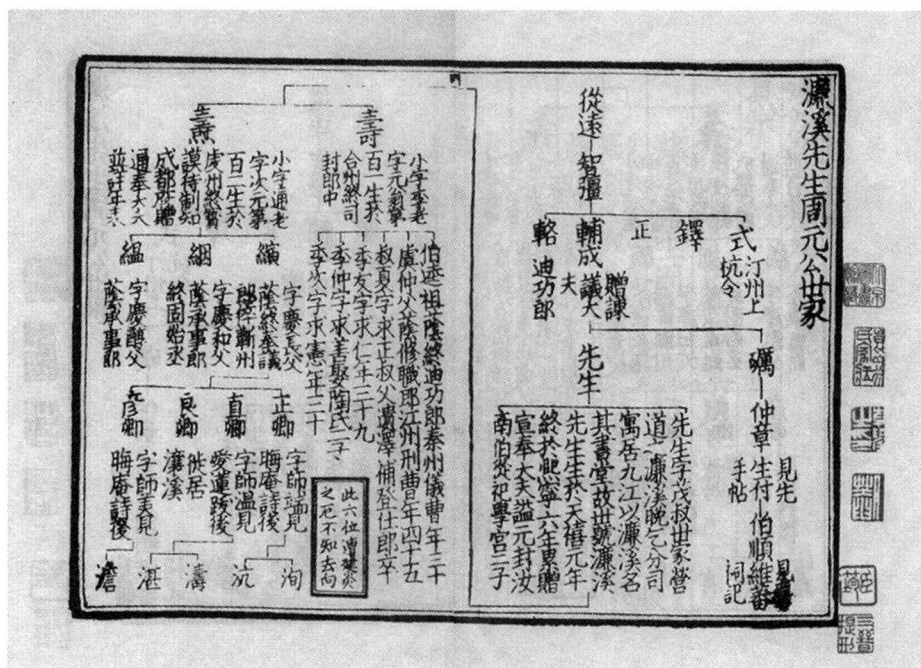

宋版《周元公世家》

自周冕始，濂溪后裔相继授爵，作为濂溪血脉传衍，保持了特殊的理学世家地位。蒙"五经博士"封爵的濂溪后裔，在修复门坊楼亭、修葺祠宇，以及读书传家，刻印周濂溪遗书等方面，做出了重要贡献。

周冕，字得中，号拙逸。郡庠生。明景泰七年，朝廷以濂溪有功世教，录其子孙，钦召周冕至京，授翰林院五经博士，世袭剳还道州奉祀。葬于杜头。为人孝友，勤学好善。著有《拙逸集》十卷。周濂溪后裔居江西庐山，直至十二世孙周冕，始赐还湖南道州，主持祭祀周濂溪之事。周冕为濂溪先生后裔第一代朝廷敕封的五经博士。

《明史》载有周冕小传："周冕，先贤元公周子十二代孙也。其先道州人。熙宁中，周子葬母江州，子孙因家庐山莲花峰下。景泰七年，授冕翰林院五经博士，子孙世袭，还乡以奉周子祀事。卒，子绣麟袭。卒，子道袭。卒，子联芳袭。卒，子济袭。卒，从弟汝忠袭。卒，子莲应袭。"

周冕所存诗文极少。今道县月岩有周冕《题月岩》诗刻，落款"大明弘治壬子岁仲秋吉旦，明翰林五经博士、道国公嗣孙周冕得中题"。

此外，明胥从化《濂溪志》录周冕诗一首，题为《忆元公》：

> 度越诸儒擅大名，五星奎聚应期生。
> 遗容百世起瞻仰，绝学千年赖阐明。
> 元宋褒封崇上爵，孔颜从祀侑东楹。
> 图书包括天人蕴，谁谓言词不尽情。

胥从化《濂溪志》中另有周冕《九江致祭》一文。

周绣麟，字圣兆，号酸斋。庠生。道州人。周濂溪十三世孙，承袭父亲周冕翰林院五经博士，葬于先茔左。光绪《道州志》载："恩荫：周冕，周子十二代孙，景泰七年，始授翰林五经博士。周绣麟，冕长子，承袭博士。周道，绣长子，承袭博士。"

周绣麟父亲周冕为濂溪后裔第一代五经博士，周绣麟为第二代。周冕以后，濂溪后裔十三至二十二世孙，连续承袭五经博士。

二、濂溪后裔的贡献

周冕、周绣麟父子两代对濂溪先生的贡献，主要是周冕修纂《濂溪遗芳集》，周绣麟刻印并藏《濂溪志》书版。

汝南郡《周氏归仁公总谱》有对周冕父子的赞语："冕公赞：炳炳《图》《书》，传自先子。辑其余芳，重于经史。宜乎受翰苑之清衔，自公以始。绣麟公赞：云鸿抒其志气，金马绍其家声。既风流之名世，亦山水之怡情。寻芳踪之所至，犹可于观花咏竹，想其生平。"

明嘉靖十九年，永州府同知鲁承恩编纂《濂溪志》，周绣麟刊刻，并于棂星门

周绣麟浯溪题记

内建楼，藏《濂溪志》书版。周绣麟曾藏有《濂溪遗芳集》，明嘉靖二十三年，道州知州王会重修。

王会《濂溪志序》记载："既抵任，拜先生祠下，退而访其嗣孙翰博周绣麟，求家传遗书，出《濂溪遗芳集》一册相示。荒杂不伦，并《年谱》及先生述作，亦复阙遗。因叹文献凋落，当图改刻，乃复出《年谱》钞本及搜录遗诗文凡若干。会受归而读之，其间又多讹脱。乃谬以己意，略加考定，而编次焉。"

总之，周绣麟既袭翰林院五经博士，藏《濂溪志》，无愧于祖，有功于世。

此外，周绣麟对濂溪先生还有以下兴建：

明代永州府推官王瑞之命知州方进建风月亭，嘉靖十二年知州叶文浩又建濯缨亭，嘉靖十四年知州陈大濩又建有本亭。这三座亭子建好后，周绣麟于嘉靖十五年撰文《濂溪三亭记》，彰诸公表彰之意，同时纪念宣扬先祖周濂溪，并请永州府同知鲁承恩作文记之。嘉靖二十一年，周绣麟在道州通判金椿重建濂溪书院时，捐资修建。

可惜的是，周氏父子的遗迹已经不复存在，但稍为欣慰的是周氏后裔有一些摩崖及碑刻留存于世。

由于周绣麟世居道县，又为周子后裔，省府州官员来月岩，周绣麟多次陪同。

周子恭《游濂溪故里记》载："游斯里者，今为七泉周子恭，生斯里而同游斯里者为赵子冕，为濂溪嗣孙翰林五经博士绣麟。"今月岩即存石刻三处与周绣麟相关。

明正德四年（1509），湖广提学佥事陈凤梧巡视舂陵，即今道州，公事之余，于五月十六月圆之日游览月岩，作诗三首，勒石月岩。同游者有都指挥吴坤、周绣麟，二人皆次其韵，各刻诗三首。这是周绣麟到达月岩的最早石刻记载。

明正德十四年（1519），永州府推官王瑞之携贺位、周绣麟等八人游月岩，众人次王瑞之韵，刻诗七首。周绣麟诗：

> 使节寻游自有媒，望中晴色片时开。
> 两弦霁月东西挂，一段光风上下来。
> 山古重辉斯道合，人豪再出喜吾陪。
> 徘徊未尽赓吟兴，收拾诗囊满载回。

此次盛游月岩之外，王瑞之偕知州贺位捐资构屋于周元公读书台旧址，周绣麟具体负责此次工程举措。

明嘉靖二十五年（1546），道州同知黄九皋携王会、周绣麟等八人同游月岩，仅黄九皋刻长律一首，跋有"嘉靖丙午夏，萧山黄九皋识；同游龙泉萧文佐、漳浦王会，武昌易堂，州人周绣麟、周庠，顺昌廖庚，全州唐廷颢"。

周绣麟至月岩不止以上三次，从三次所陪同的官员来看，恰好是省府县三级，时间跨度达三十七年之久。周绣麟作为濂溪后裔，对于推扬濂溪思想责无旁贷。

除了月岩石刻外，今道县发现与周绣麟相关石刻另有两处，一为濂溪故里楼田村道山脚下的"寻源"榜书，一为道县城南两公里处上关乡含晖岩中的一处诗刻。

"寻源"刻于圣脉泉处，表面上言此地为濂溪之源，实际引申为道德之源，周濂溪是理学鼻祖，也指出濂溪故里也是理学发源之地。明田山玉有赞："道在人心，如环无端。无可无不可，弄此两丸。千江共映，万派同川。盈虚何有，探窟寻源。沂水春风，在此指间。"岳麓书院山长陈凤梧有诗："我欲寻源去，风光正满前。"陈凤梧写此诗时，周绣麟陪同左右，故可推知"寻源"榜书勒石时间或为明正德四年（1509）。

明嘉靖壬辰（1532），周绣麟陪同聂淳、罗柏、蒋景明等人游含晖岩。聂淳作

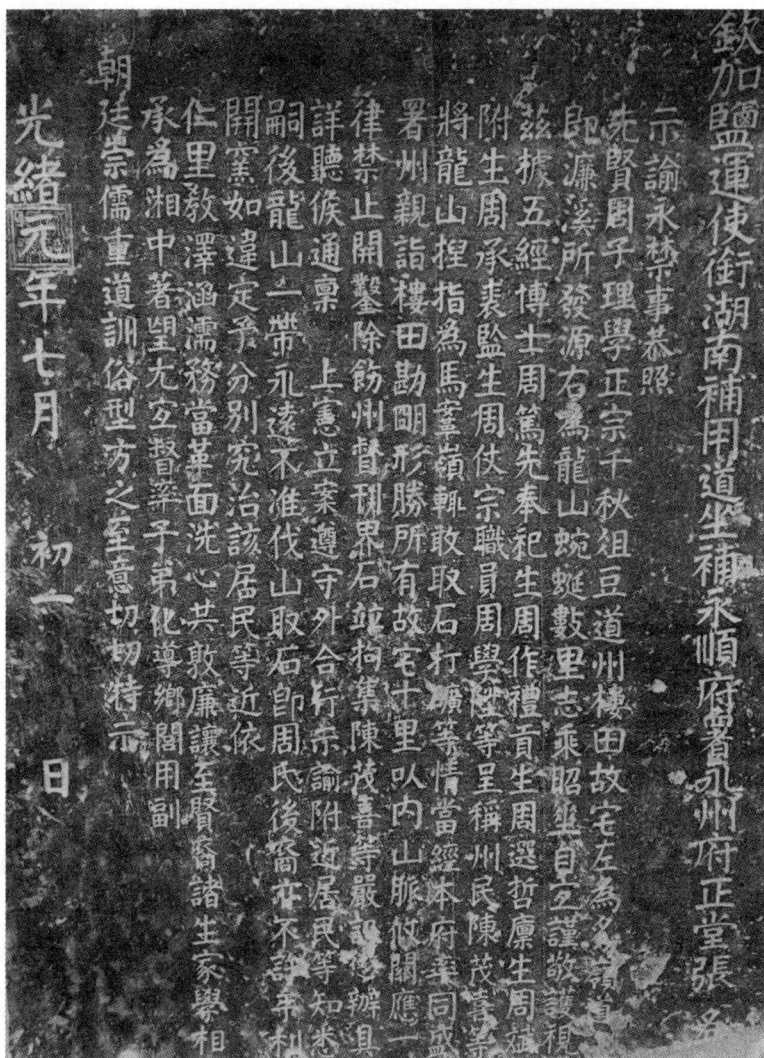

光绪元年濂溪故里禁凿山脉告示碑

五言诗一首并序，刻石于含晖岩临江洞口右侧。石刻记载："江华之役，师次春陵，伙永州式牧吉水罗子柏、翰博周子绣麟、上舍蒋子景明游焉。"

濂溪后裔在道县可见的文物除月岩石刻以及道山石刻之外，在今道县状元山附近发现濂溪十九世孙周嘉耀所刻活碑一通，碑石上半部分残损遗失，残碑宽80厘米，高75厘米，厚8厘米，十六行，碑文四周有花纹，字迹清晰，正楷刻写。

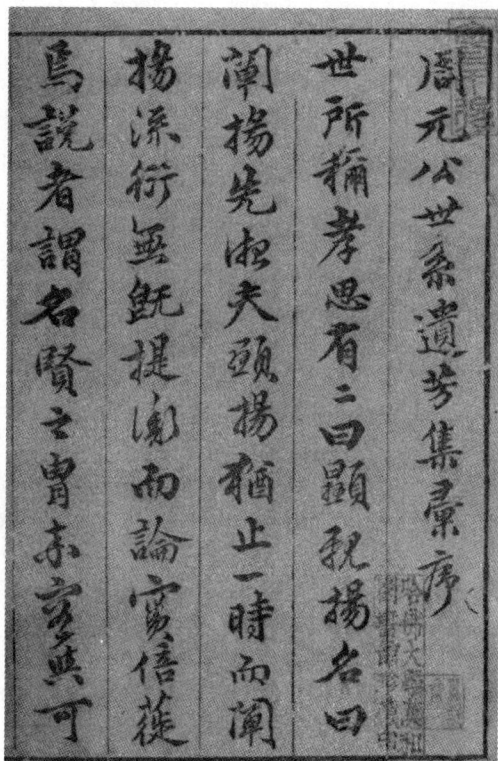

明周与爵刻本《周元公世系遗芳集汇序》

　　周嘉耀为周濂溪十九世孙，康熙二十四年（1685）袭翰林院五经博士。碑文所记之事无法具其详，但据残文，中所言"修葺之事""落成之日"等推测，此碑或为纪念修葺某建筑而立。碑文提及周濂溪及其著作、思想、典故，反映了濂溪后裔对周濂溪及其思想的传承与弘扬。

　　濂溪后裔繁衍至周绣麟已经是十三世，从获封朝廷殊荣这一地位的高度来说，周绣麟父周冕始授五经博士，可作为研究濂溪后裔的一个转折点。以周冕父子为代表而封"五经博士"这一支濂溪后裔，诗书传家，仕则清正廉洁，隐则德高望重，有濂溪先生遗风。

　　濂溪后裔在精神品德上继承周子的同时，修葺门坊楼亭及祠堂书院，辑录刻印传播濂溪遗稿，不遗余力。这些建筑，不但是祭祀濂溪先生的场所，而且是后裔等的活动空间；不但构成了濂溪故里的重要景观，而且承担着传播、教化的功能，实现了景观性与教化性的统一，拓展了以濂溪故里为中心的文化地理空间，是理学发展的重要阐释物。濂溪先生的遗稿，因或散落于群书，或传录于家乘，或遗佚于山野，未尽于编，濂溪后裔对先生遗稿文字的旁搜博采及编刻付梓，是研究其生平事迹的重要参考文献，是后世一些《濂溪集》《濂溪志》等的重要版本来源。这类文献，既具有重要的史料文献价值，也是濂溪学研究的组成部分。

濂溪后裔还通过邀请文坛硕儒、地方官员作诗赋记祝，与其同游月岩等濂溪先生活动场所，主持祭祀周子等方式来纪念、宣传濂溪先生的思想。濂溪后裔虽名不扬官不显，但均以实际行动踵先生之迹，践先生之行，传承了濂溪思想。

"光风霁月"榜书

第二节　名篇诵读

濂溪后裔诗选

题月岩(四首)
周　冕

宋家天子受周禅，历数相承逾百年。
乾德雍熙迨天圣，端拱无为统绪传。

五星奎聚文明兆，我祖应期生营道。
来歌来游于斯岩，仰观造化生成妙。

阐图著书授二程，千载绝学晦复明。

圣朝崇重恩垂后，锡爵词林奕世荣。

我今幸接置鸿翼，登临此境长兴喟。
遗踪想像宛如昔，百拜谨刊岩石志。

游月岩次宗主陈公韵（三首）
周绣麟

岩峦层叠秀苍苍，静玩其间理自藏。
一妙通天呈造化，双门挂月照中央。
碑文拂藓看遗典，书迹开参按故乡。
名宦流连镌石壁，万年传诵岂能忘。

陈公乘暇游佳境，幸得追陪共一临。
涧谷春香花草茂，洞岩秋冷雾烟阴。
马蹄行踏供吟兴，鸟韵调歌奏瑟琴。
吾祖旧游勋迹在，吟风弄月有余音。

斯岩名胜景，至理出天然。
登径瞻双户，入岩见一天。
仰观圆似月，侧睹宛如弦。
道妙乾坤象，昭昭在目前。

【点评】

周冕《题月岩》为四首绝句，是濂溪后裔"世袭翰林五经博士"所刻的最早的一幅诗文，虽历时六百余年，至今仍保存完好。弘治五年与道州知州方琼的《游月岩道经濂溪故居》同时刻石。

周绣麟《游月岩次宗主陈公韵》次韵湖广提学金事陈凤梧月岩诗。第一首七律与第三首五律理学意味较浓，大有理学宗师后裔之风范。第二首七律述陪游陈凤梧之事，多摹景之词，造语清丽，末句追怀先祖，别有余味。

周绣麟《游月岩次宗主陈公韵》（局部）

第二十讲

第一节 道州的历史与文化

"道山"榜书

含晖岩石刻

　　道州人文之盛，在于古圣贤名流之盛，而其古圣贤名流之盛，又主要以宋之周濂溪与清之何绍基为代表。

　　《宋史》载："周敦颐，字茂叔，道州营道人。"又载："千有余载，至宋中叶，周敦颐出于春陵，乃得圣贤不传之学，作《太极图说》《通书》，推明阴阳五行之理，命于天而性于人者，了若指掌。"认为周子是千年之后上接孔孟之人，评价至高。

　　《清史稿》载："何绍基，字子贞，道州人，尚书凌汉子。道光十六年进士，选庶吉士，授编修。绍基承家学，少有名。阮元、程恩泽颇器赏之。"何绍基诗、书、画皆精，尤以书名世，至今我国仍传有何体字。

　　道州人文之盛衍生出人文景观之盛。濂溪、月岩、含晖岩、宕樽石等皆如是。

万历三年何守拙重建濂溪祠记碑

濂溪是周濂溪少时故居所在地。明《九疑·濂溪·月岩三胜图总叙》云："舂陵古零陵郡，山川之形胜有曰九嶷，曰濂溪，曰月岩。九嶷，舜帝所过化也；濂溪，元公所毓秀也；而月岩，又元公所悟太极之至妙者也。"概括了道州三处至为重要的人文景观。

"光风霁月"榜书

月岩相传为周濂溪读书悟道之地。道光《永州府志》载："濂溪以西十五里，营山之南，有山奇耸，中为月岩，旧名穿岩。其距州约四十里焉，岩形如圆廪，中可容数万斛。东西两门相通，望之若城阙。中虚其顶，侧行旁睨如月上下弦，就中仰视月形始满，以此得名。岩前奇石如走猊伏犀，形状不一。相传周子幼时，尝游息岩中，悟太极，故又称太极岩。"月岩崖壁之上，自宋代起即有骚人墨客特来留题，至今犹存石刻六十余方。

《道州志》载："含晖岩在州南四里，即斜晖岩，石洞如屋，东西两门，有泉从石罅中出，极清冽，洞外石之最高处篆'水天一色'四大字，相传为汉蔡邕书，中多唐宋题刻。"而治平四年，周濂溪回乡亦留刻含晖岩，又使含晖岩大为增色。

《道州志》又载："窊樽石在城内报恩寺西，唐元结刻铭于上，字皆古篆。"可惜今旧址虽在，刻石难寻，然其人文光辉仍留史册。

光绪《道州志》中的濂溪风光图

光绪《道州志》扉页

陆游"诗境"榜书

　　道县古称道州，有二千二百多年的建制史，一直是县府、州府所在地。秦始皇二十六年（前221）设营浦县，唐时为州，宋时为郡，元时设路，明、清时设府。唐贞观十一年（637），改营州为道州，道州的称谓便一直沿袭，直至民国初年，改为道县。

　　古代道州历史悠久，人文荟萃，山川灵秀。据光绪四年刻本《道州志》记载：

　　元山在濂溪祠后，奇石灵秀，明州守王会题曰"太极峰"，元石、云石、介山皆在焉。前人留题不一。环山多世族，亦为廛市通衢。

　　虞山在学后，唐元结立舜庙于此。在县南三里余，有舜南巡止宿处。元结作《舜庙状》及《舜祠表》，江华令瞿令问篆刻石上。山壁今存"虞山"二大字。

　　斌山在州治北，石峰奇瑰，上有石刻曰"斌山"，下有池曰"龙泓"，西南有石井曰"丹井"，其顶曰"驾鹤峰"，旁刻诗文。

　　玉城山在州治东，广济仓之后，石峰嶙峋，奇峻可爱。

　　五老山在州西北五里山下，有五龙井。

　　凤凰山在州西八里，前临营水，三峰翼如，有灵鸟来仪之象。

　　含晖岩在州南四里，石洞如屋，东西两门，有泉从石罅中出，极清冽。

　　华岩在州西十里，两岩相对，一明一暗，明者为华阳岩，暗者为华阴岩。

　　葫芦岩在州南三十里，峭壁千寻，五色交映。

　　月岩在州西四十里，东西两门，望如城阙，当中而虚，其顶自东望之如月上弦，自西望之如月下弦，就中望之如月之望。

道州图

中郎岩在州北三十里进贤乡，石洞幽邃，有泉出石罅，泠泠不绝。

龙岩在州南四十里金鸡洞，前后相通约里许，前明后暗；当楣平正如楼，上有二角印，周正相对；中有一石，长竟洞，如龙卧焉。

宝龙岩在州西四十里月岩之傍，层蹬数十级而上，虚其顶，四面通达，俯瞰甚远。

斑竹岩在州南三十里，多斑竹，相传舜葬九嶷，二妃相从故迹。

营水出营山，流六十里，至州城西与沱水合，经宜阳乡，合于潇水。

潇水在州北，源出潇山，东流入营水。

圣脉泉在故里道山，清洁味甘，即濂溪之源。

濂溪在州西二十五里安定山下，石窦深广，有泉溢出，是为濂溪。周子生于此，人呼为"圣脉泉"。东南流合营水、右溪，至州城西南合沱水。

道县素为湖南省文物大县，全县文物种类齐全，品位很高，分布广泛，保存良好。2007—2011 年全国第三次文物普查，县域内各类文物古迹达 3600 多处，不可移动文物中有国家、省、市、县各级文物保护单位 157 处，其中国家 4 处，省级文物保护单位 3 处，市级文物保护单位 24 处，县级文物保护单位 126 处。

道州古城墙遗址在今县治，始建于明洪武二年（1369），全用块石砌成，周长五里九十六步，高二丈六尺，宽一丈五尺，四周有城门五扇。清道光二十五年（1845）重修，用古青砖在城墙顶上加砌女墙。道州古城历史格局一直延续至今，古城尚保存 1600 余米城墙，其中保存完好的石城墙 1356 米，南门保存完整，东门瓮城保存基本完整。

道州古城保存完好，脉络清晰，格局尚存。古城西南有濂溪，东南有潇水，西北有右溪，东北有左溪，北有小山，古县衙所在仍然沿用，地下尚有未挖掘的大量碑刻。城内寇公街、湾里街，历史建筑众多。西门涵洞、城墙转角巷、春陵街、次山街、石牌楼巷，保存了大量古建筑，其中有百年老店铺，至今仍保持着上店下住、前店后住的习俗。

2018 年 3 月 13 日，湖南省人民政府批准道县为湖南省历史文化名城。

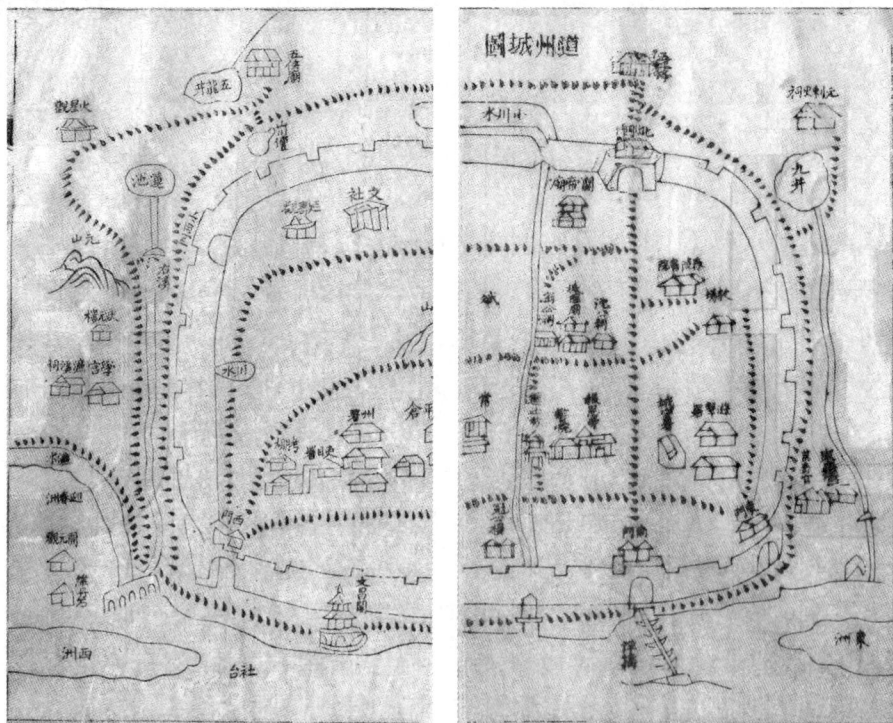

道州城图

第二节 名篇诵读

《道州进士题名记》

郭　份

湘中九郡，长沙为会府，三岁选士，率不过三十人，而中程春官者，步武相接。舂陵支郡，计偕之数，与会府等，其升俊造，亦不乏人。然世之士大夫类以地望论人物，"汝颍多奇士，山东多相家"，盖泥纸上语。至如遐陬僻处，往往未肯倒指。惟舂陵渐有虞氏之化，习俗朴古；应龙伯高之教，文儒世振。虽绳枢瓮牖，知所向慕。节衣食自足者，皆推其余，以笃义方。故方领短步，比他郡为盛。

异时濂溪先生周茂叔，以德行道义为儒者师范，伊洛之学盖其出焉。所著《通书》四十篇传于世，皆深造自得，渊源宏远，醇乎孟氏，而陵轹况、雄也。苟嗣有以濂溪之所存者，充乎其内，则声名之发，昭若日星，又何科目足云乎？宋兴至今二百余年，进士取人凡九十余科，舂陵之登第者凡百余人。其间持橐卧锦，揽辔分符，超躐显美，彰闻声闻多矣。询其姓字，郡人漫不能省，非惟先达闻人湮没休称，而后来学者亦不知景仰而激劝焉。旧有《题名记》，洊更兵厄，石不知所在。因复寻究衰次，刻于泮宫，留其余，俟后来者，且书其刻石之岁月云。

绍兴二十七年十一月初吉，郡教授庐陵郭份记。

【点评】

南宋度正云："濂溪先生虽不从事科举，然记舂陵登第者，推本先生以为师范，可谓知所尊矣。"

中国古代选官制度，一种是科举，无论上不上学，只要参加考试，即使是放牛娃，合格了就授官，体现着"学而优则仕""任人唯贤"的开放政治的精神。另外一种是荫举，由士大夫推荐其子弟授官，因为有资格推荐的士大夫会以自己的名节确保子弟有良好的自学基础，并且一旦被推荐人出事，推荐人也会连坐，所以仍不失为行之有效的良法。但濂溪先生是出世的天才，当然不受制度的限制，所以度正希望道州的年青人参加科举，而在精神意气上向濂溪先生学习。

清代石刻濂溪遗迹

后　记

　　本书是湖南省濂溪学研究会与月岩–周敦颐故里风景名胜区管理处联合开展濂溪书院暨濂溪祠软件建设合作协议的部分成果。

　　本书还得到了以下基金项目的资助：

湖南省社科基金重大委托项目"历代道南文献研究"（16XTA19）

湖南省社科基金重大委托项目"《道南文献集成》整理与研究——中古时期以湖南为中心的儒学复兴"（17WTA08）

湖南省社科基金重大委托项目"《道南文献集成》整理与研究——周敦颐濂学与二程洛学、张载关学、朱熹闽学的传承关系"（17WTA09）

湖南省社会科学成果评审委员会重大选题"周敦颐与湖南"（XSP18ZDA010）

湖南省湘学研究院重点委托项目暨湖南省社科基金单列项目："儒家思想何以在两宋获得更新——周敦颐学说的思想资源与现代意义"（15XXYH04）

湖南省社科基金基地委托项目"濂溪故里诗文整理与研究"（17JD35）

张京华

于湖南科技学院集贤楼国学院

2019 年 6 月

图书在版编目（CIP）数据

濂溪书院国学经典讲读／张京华，周建刚著．—长沙：
中南大学出版社，2019.8

（2018 年湖南省社会科学普及读物）
ISBN 978－7－5487－3676－9

Ⅰ．①濂… Ⅱ．①张… ②周… Ⅲ．①周敦颐
(1017－1073)－思想评论 Ⅳ．①B244.2

中国版本图书馆 CIP 数据核字（2019）第 143499 号

濂溪书院国学经典讲读

张京华　周建刚　著

□责任编辑　陈雪萍
□责任印制　易红卫
□出版发行　中南大学出版社
　　　　　　社址：长沙市麓山南路　　　　邮编：410083
　　　　　　发行科电话：0731－88876770　　传真：0731－88710482
□印　　装　长沙市宏发印刷有限公司

□开　　本　710 mm×1000 mm 1/16　□印张 13　□字数 223 千字
□版　　次　2019 年 8 月第 1 版　□2019 年 8 月第 1 次印刷
□书　　号　ISBN 978－7－5487－3676－9
□定　　价　135.00 元

图书出现印装问题，请与经销商调换